IDÉES
DE GÉNIE

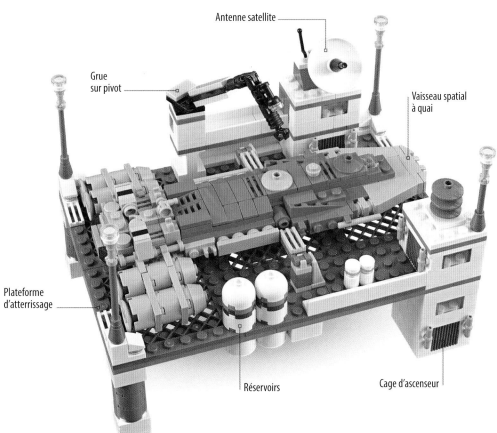

Antenne satellite

Grue sur pivot

Vaisseau spatial à quai

Plateforme d'atterrissage

Réservoirs

Cage d'ascenseur

Connecteur d'essieu à angle droit LEGO® Technic

Brique 2 x 2

Flamme

Brique 1 x 4 à plots latéraux

Mégaphone

Brique ronde 2 x 2

Pente inversée 1 x 2

Tuile imprimée 1 x 2

Capot 4 x 4

Volant

Plaque 2 x 2 avec deux roues

Globe

Grille inclinée 1 x 2

Télescope

Cochon

Hélice à trois pales

Boîte aux lettres avec porte

Demi-arche incurvée 1 x 2

Brique phare 1 x 1

Arche 1 x 12 x 3

Brique 1 x 2

Siège avec assise 2 x 2

Fleur

Pente incurvée 1 x 3

Buisson

Essieu en X LEGO Technic

Pente 2 x 3

Tuile ronde 2 x 2 imprimée

Plaques à charnière

Heurtoir de train

Grille 1 x 2

IDÉES
DE GÉNIE

Cheminée

Toit

Capot

Montants
du toit

Conducteur

Pare-buffle

Roues

DANIEL LIPKOWITZ

Sommaire

Le b.a.-ba
des constructeurs...   6

DANS L'ESPACE   8
Un robot piloté   10
Des robots à tout faire   12
Le robot élévateur   14
Le rover spatial   16
L'équipement spatial   18
La capsule planétaire   20
Une porte spatiale   22
Portes et murs de science-fiction   24
Une porte à pignons   26
Le laboratoire   28
La serre   30
Galerie d'outils   32
Un alien   34
Des formes de vie aliens   36
D'autres formes de vie aliens   38
Plantes et paysages de l'espace   40
Un micro-vaisseau   42
La flotte spatiale   44
Des micro-bâtiments   46
La navette *Zycon*   48
Le diorama de l'espace   50

LA VILLE CONTEMPORAINE   52
Un bâtiment de base   54
Des bâtiments modulaires   56
Les bâtiments de la ville   58
Le musée   60
Construire des toits   62
Galerie de tables et de chaises   64

Galerie de meubles   66
En ville   68
Construire une voiture   70
Les véhicules en ville   72
Les pare-chocs   74
Galerie de feux et de panneaux   76
Le champ du fermier   78
Les champs de légumes   80
Galerie de plantes   82
À la ferme   84
Les loisirs   86
La maison du fermier   88
Le diorama de la ville   90

À LA CONQUÊTE DE L'OUEST   92
La calèche   94
La caravane   96
Un paysage du Far West   98
Le fort de la cavalerie   100
La prison   102
En ville   104
Le saloon   106
Construire des panneaux   108
Galerie d'objets de la ville   110
Le train à vapeur   112
Sur les rails   114
La mine abandonnée   116
Le bateau à vapeur   118
Le bateau à vapeur (suite)   120
La cachette du bandit   122
Le diorama du Far West   124

LE PAYS MERVEILLEUX   126
Une maison de conte de fées   128
Le village cubique   130
Galerie de toits   132
Palissades et chemins   134

La cascade	136
La rivière de conte de fées	138
Galerie de fleurs	140
Créatures féeriques	142
L'arbre-toboggan	144
La maison dans les arbres	146
Les remparts du château	148
D'autres remparts	150
D'autres remparts (suite)	152
La tour du château	154
De jolies tours	156
Détails du château	158
La catapulte à tartes à la crème	160
Le château complet	162
Le diorama de conte de fées	164
LE MONDE RÉEL	**166**
Le téléphone portable	168
La technologie	169
Le matériel de bureau	170
La balance de cuisine	172
La salle de bains	174
Le kit scientifique	176
La banane	178
Les fruits et les légumes	180
Le bonhomme en pain d'épice	182
D'autres gourmandises	184
Les gâteaux	186
La glace à l'eau	188
Les esquimaux	189
Galerie de sucreries	190
Une boîte de chocolats	192
Le diorama du monde réel	194
Galerie de briques	196
Remerciements	**200**

Mode d'emploi

Dans cet ouvrage, découvrez les secrets de nombreux modèles passionnants, et inspirez-vous de ces idées et techniques pour créer vos propres modèles. Ce livre se compose de plusieurs sections, avec des pages thématiques pour vous aider à construire votre fabuleux monde LEGO®, section par section, modèle par modèle, brique par brique.
En haut de chaque page, vous trouverez une bande de couleur qui vous aidera à naviguer dans l'ouvrage :

Numéro de la page   Nom de la section

10 DANS L'ESPACE   ROBOTS   Mode d'emploi

Nom du chapitre   Rubrique

Voici les différentes rubriques :

Mode d'emploi

Apprenez à construire un modèle de A à Z, grâce à tous les conseils pratiques.

Autres idées

Lorsque vous savez construire un modèle, découvrez comment le transposer afin de réaliser vos propres créations.

Galeries de modèles

Les petits détails font les belles scènes. Découvrez comment réaliser de nombreux petits modèles en seulement quelques briques.

Aller plus loin

Ne vous arrêtez pas ! Après avoir achevé quelques modèles, pourquoi ne pas en ajouter d'autres à votre univers ? Vous trouverez ici des idées pour construire d'autres scènes.

Secrets de constructeur

Chut ! Ces pages révèlent des conseils de pro pour construire des parties ou fonctions difficiles. Maîtrisez ces techniques pour épater vos amis !

Des modèles incroyables

Vous trouverez ici les idées les plus ambitieuses ou intéressantes de ce livre. Étudiez-les en détail et réinterprétez-les pour vos propres modèles épatants.

Les dioramas

Ces pages mettent en scène la plupart des modèles présentés dans le chapitre.

C'EST PARTI !

Le b.a.-ba des constructeurs...

Un beau modèle LEGO® commence toujours par une idée créative, mais pour lui donner vie, il faut aussi du savoir-faire. Ces notes utiles aux constructeurs expliquent les termes et techniques repris tout au long de ce livre.

Vocabulaire

Les constructeurs LEGO semblent parler en langage codé, mais à l'aide de quelques mots clés, vous pourrez avoir l'air d'un pro, vous aussi.

Plot

Les bosses rondes sur le dessus des briques et des plaques s'appellent des plots. Ils viennent s'insérer dans les « tubes » de la face intérieure d'une autre brique ou plaque.

Brique

Les briques sont la base de la plupart des modèles. Il en existe de toutes les formes, tailles, couleurs et matériaux, pour donner libre cours à votre créativité.

Plaque

Comme les briques, les plaques ont des plots sur le dessus et des tubes en dessous. Leur différence ? Les plaques sont bien plus fines.

Tuile

Les tuiles sont fines et lisses sur le dessus. Utilisez-les pour donner une surface régulière à votre modèle, pour le décorer ou obtenir une base lisse pour des parties mobiles.

Trou

Les briques et les plaques avec des trous sont utiles pour assembler des parties de votre modèle. Les trous peuvent accueillir des pièces comme des barres, des essieux et des broches LEGO® Technic.

Géométrie

1x2, 6x6, 1x2x6… Quand on parle des pièces LEGO, on a l'impression d'être en cours de maths. Mais leur géométrie est en réalité très simple une fois qu'on en maîtrise les principes.

Taille

Pour décrire la taille des pièces LEGO, les constructeurs utilisent leur nombre de plots. Si une brique compte deux plots de large et trois plots de long, c'est une brique 2 x 3. Une plaque ronde 4 x 4 est désignée ainsi car elle fait quatre plots de large au maximum.

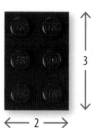

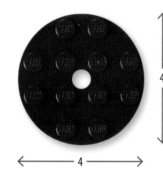

Hauteur des briques

Si une pièce est désignée par trois nombres, le troisième renvoie à sa hauteur. On mesure celle-ci par rapport aux briques standard. Par exemple, une brique 1 x 2 x 5 est cinq fois plus haute qu'une brique 1 x 2 classique.

Hauteur des plaques

Trois plaques empilées ont la même hauteur qu'une brique classique : il faut donc quinze plaques pour atteindre la hauteur de la brique 1 x 2 x 5 !

=

Cinq briques 1 x 2 empilées

Brique 1 x 2 x 5

Brique 1 x 2

Trois plaques 1 x 2 empilées

PUISQUE JE SUIS CHAUVE, JE MESURE QUATRE BRIQUES DE HAUT.

Surface

Quand on construit un modèle, mieux vaut commencer par une plaque de base et construire en montant. La plus grande plaque de base disponible fait 48 x 48 plots ! Mais si vous n'avez que des plaques plus petites, pas de souci. Pour créer une base 8 x 16, utilisez deux plaques 8 x 8, ou quatre plaques 4 x 8. Vous pouvez les assembler en plaçant de petites plaques ou briques au-dessus en commençant à construire.

Plaque 8 x 16   =

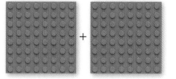

Deux plaques 8 x 8 =

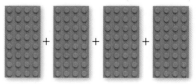

Quatre plaques 4 x 8

Techniques de construction

Vous pouvez assembler vos pièces LEGO de nombreuses façons. Certaines techniques stabilisent votre modèle, d'autres l'embellissent, et d'autres le rendent mobile.

Vers le haut

Se contenter d'empiler des briques permet de construire de fines colonnes et d'ajouter des rayures, mais pour un mur solide, mieux vaut construire en quinconce, comme dans la vraie vie !

Briques empilées

Cette plaque verrouille les autres plaques.

Briques en quinconce

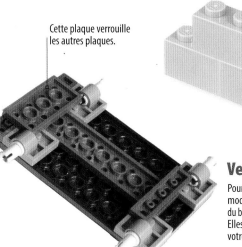

Vers le bas

Pour fixer la base de votre modèle, assemblez les pièces du bas sur des plaques résistantes. Elles consolideront fortement votre création.

SNOT

Pour ajouter des détails sur le côté de vos créations, utilisez des pièces qui comportent des plots latéraux, faciles à assembler sur les côtés. Les constructeurs LEGO ont un nom pour cette technique : « Studs Not On Top », SNOT.

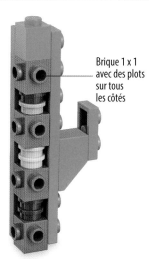

Brique 1 x 1 avec des plots sur tous les côtés

Tout autour

Ajoutez des angles intéressants ou des parties mobiles à vos modèles à l'aide de charnières ou de joints, qui existent sous différentes formes et donnent un mouvement ou un aspect précis à votre modèle.

Plaques à charnière

Brique charnière 1 x 2 et plaque charnière 2 x 2

Échelle

Avant de commencer à construire, réfléchissez bien à la taille de votre modèle. Elle peut dépendre du nombre de briques, du temps dont vous disposez, ou de la façon dont vous voulez jouer avec le modèle fini. Voici les trois échelles généralement utilisées par les constructeurs.

SUPER ! CETTE VOITURE A LA BONNE TAILLE !

CE VAISSEAU EST TROP PETIT !

Échelle des figurines

La plupart des modèles de ce livre sont construits à l'échelle d'une figurine LEGO. En adoptant cette échelle, vos figurines peuvent vivre dans les bâtiments et conduire les véhicules.

CE PEIGNE EST TROP GRAND !

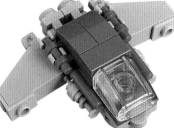

Échelle micro

Cette échelle est idéale pour construire des modèles qui semblent lointains. Vous pouvez créer une bataille spatiale avec de petits vaisseaux comme celui-ci... mais il faudra imaginer les passagers !

Grandeur nature

Il peut être amusant de construire des objets adaptés aux humains et non aux figurines. Cette échelle fonctionne pour les objets de la vraie vie, comme un peigne, par exemple.

DANS L'ESPACE

Nous sommes en 2531. Le vaisseau interstellaire *Zycon* s'approche de la petite planète Volga, jusqu'alors inconnue. La mission de l'intrépide équipage : atterrir sur cette planète, étudier son milieu et bâtir une colonie scientifique. Qui sait quelles découvertes l'attendent ? Une chose est sûre : cette expédition va avoir besoin de briques !

Un robot piloté

Atterrissage réussi ! Les astronautes se sont posés et leur premier objectif est de construire un véhicule pour explorer ce monde inconnu. La planète Volga est rocailleuse : des pieds seront plus efficaces que des roues. La colonie va avoir besoin d'un robot piloté.

C'EST PARTI !

Rotules issues d'un ensemble LEGO® Hero Factory ou LEGO® BIONICLE®

La pièce d'armure se fixe sur la rotule de la cuisse.

Un grand bloc empêche la cheville de pencher trop en avant.

1 D'abord les pieds

Commencez par construire pieds et jambes. Les charnières sont idéales pour articuler les membres, mais les rotules donneront plus de flexibilité. Un grand pied stabilisera votre robot piloté.

Des briques avec des cavités intégrées fixent les rotules au sommet des jambes.

Il vous faut un dos lourd pour équilibrer ce long nez.

C'est la friction qui tient les rotules en place : si un modèle est trop lourd, elles ne tiendront pas droites.

Des éléments bleu transparent donnent une impression de luminosité.

Les plaques avec des anneaux horizontaux font d'excellents points d'attache pour le matériel.

2 La base du cockpit

Un robot normal peut se déplacer seul, contrairement à un robot piloté. Créez la base d'un cockpit en assemblant les jambes à une plaque assez grande pour y asseoir une figurine pilote.

J'AI HÂTE D'ARPENTER MA NOUVELLE PLANÈTE.

Les pentes inversées renforcent la partie inférieure du cockpit.

3 Un corps solide

Ajoutez des pièces pour construire le corps du robot piloté, sans oublier de laisser de la place pour le pilote. C'est le moment d'ajouter des phares et d'autres détails robotiques.

VUE ARRIÈRE

Le mélange entre
pièces noires
et blanches
est saisissant.

Équerre
avec plaques
en angle

Plaque 1 x 2
avec réacteur

Le plein d'énergie

Le robot piloté tire son
énergie de pièces de moteur
assemblées dans son dos
à l'aide d'une plaque d'angle.
Une tuile les maintient
en place, avec des plaques
1 x 2 transparentes pour
combler les trous.

Plaque 1 x 2
transparente

Des
gouvernails
2 x 2 forment
les côtés
du cockpit.

VUE ARRIÈRE

Antenne créée
avec une tige,
un cône 1 x 1 et une
plaque ronde 1 x 1
bleu transparent.

UN PETIT PAS
POUR UN ROBOT
PILOTÉ,
UN PAS DE GÉANT
POUR UNE
FIGURINE !

4 Tout prend forme

Montez le dos et les côtés du cockpit,
en mélangeant des détails contrastants
et des plaques lisses et futuristes pour le corps.
Votre construction doit rester légère et solide.

Une charnière avec pince
et barre permet d'ouvrir
le pare-brise pour le pilote.

Des drapeaux
à fixer avec une
pince donnent
du relief aux
côtés.

**Ajoutez des détails sur
le cockpit et faites un test
pour vérifier qu'il est
assez grand !**

Deux antennes
satellites sur une
pince, fixées sur
une poignée au nez
du robot, font office
de capteur.

Phares installés
au dos
d'anneaux
horizontaux.

5 Prêt à partir !

Assemblez les derniers détails :
écran dans le cockpit, capteur
et antennes de communication.
Votre robot piloté est terminé :
en route vers l'inconnu et au-delà !

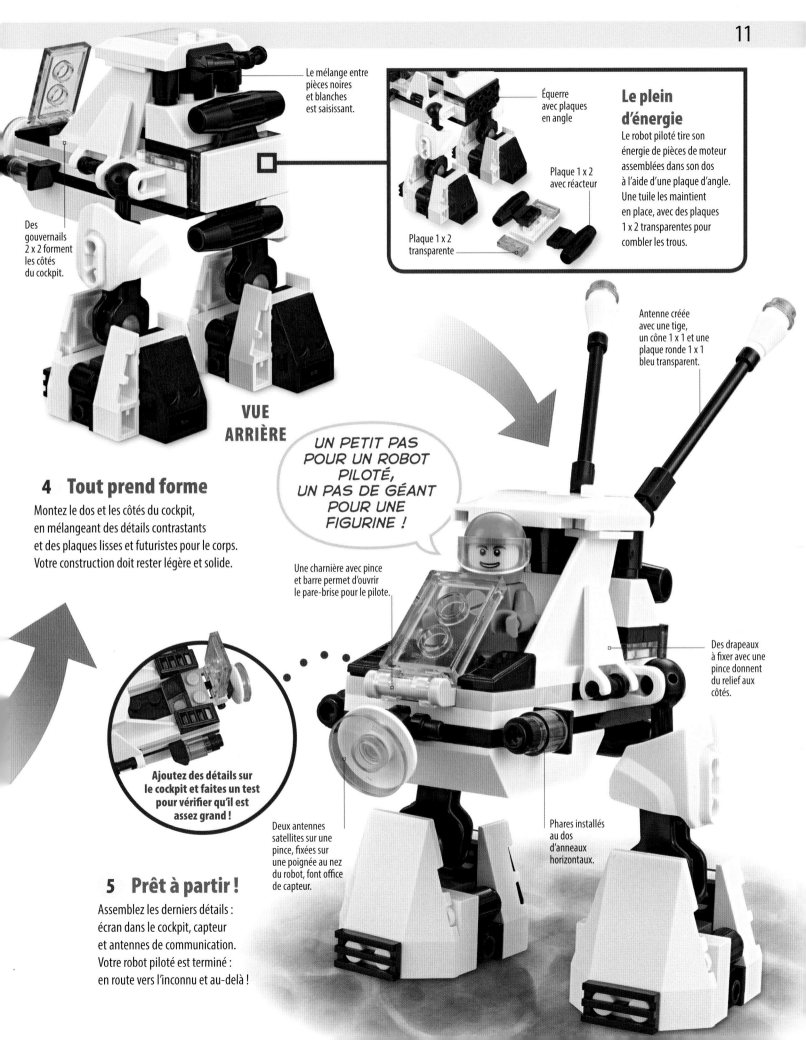

Des robots à tout faire

Grâce au travail de reconnaissance du robot piloté, les astronautes ont choisi où implanter leur nouvelle colonie spatiale. Pour les aider à la bâtir, ils assemblent une équipe de mini-robots très utiles, chacun avec un rôle bien à lui.

ET ENSUITE ?

Un robot piloté doit être assez grand pour qu'un pilote s'y installe, mais un robot normal peut avoir n'importe quelle taille.

ROBOT CAMÉRA

ROBOT CONTREMAÎTRE

ES-TU MON FRÈRE ?

Le corps est relié aux jambes à l'aide d'une plaque avec un anneau : le robot peut rester debout.

Les jambes sont des revolvers de figurine.

Robot caméra

Une poignée de pièces suffit à assembler ce robot. Il possède des caméras sophistiquées à la place des yeux, à l'affût de menaces naturelles et de formes de vie extraterrestres.

Pied en antenne satellite.

NON, JE SUIS TON TRANSISTOR.

Utilisez une plaque 1 x 2 avec une barre verticale pour fixer des armes ou des outils.

Robot contremaître

Avec ses longs bras pivotants, ce robot contremaître peut mener des expériences scientifiques de base et prodiguer les premiers soins. Puisque sa fonction ne l'oblige pas à aller très loin, il n'a pas de jambes !

TOI ! AU TRAVAIL ! ‹ BIIIP ›

Bras pivotants créés à partir de pièces de clés.

Un talkie-walkie pour communiquer avec les autres robots.

Si vous souhaitez qu'il soit mobile, cette antenne satellite peut l'aider à se déplacer.

ROBOT D'ENTRETIEN

Robot d'entretien

Ce robot avancé travaille sur la navette, en duo avec un robot élévateur (pages 14-15). Avec de nombreuses petites pièces, vous pouvez construire des robots de caractère très perfectionnés.

Plaque 1 x 1 avec des mains-pinces pour tenir des outils de figurine.

Avec ses grands pieds, le robot ne peut pas basculer.

Parties mobiles

La tête et les membres du robot sont fixés à son corps à l'aide de charnières à pince et barre, ce qui les rend mobiles. Un support pour barre avec une pince pour le cou permet de bouger la tête dans tous les sens.

Les jambes sont fixées à des briques 1x1 à barre fixe.

Les pentes et les arches forment le corps.

ROBOT DE SÉCURITÉ

ROBOT OUVRIER

Robot ouvrier

Ce robot trapu est un mécanicien polyvalent conçu pour participer aux travaux d'assemblage et de réparation. Des pistons intégrés lui donnent une force remarquable pour sa taille.

Les pinces viennent s'encastrer dans le poignet du robot.

Des fusils à double canon créent les détails des pistons.

Tige électrique créée à partir d'une barre, d'une poignée de sabre laser et d'une ampoule 1 x 1 transparente.

Les pinces permettent de tenir des objets.

Robot de sécurité

Le robot en armure défend l'extérieur de la base. Grâce à des charnières à pince et barre, ses membres peuvent se poser et ses mains en pince lui permettent d'empoigner une tige électrique.

Les mêmes pièces composent les jambes et les mains-pinces.

Les pieds sont des plaques 1 x 2 avec des barres, surmontées de tuiles.

Épaules de robot

La tête du robot de sécurité est fixée au corps par des combinés de téléphone. Ses épaules en bras de robot s'encastrent au milieu du receveur.

Le robot élévateur

Ce robot élévateur tout-terrain transporte des charges trop lourdes pour les astronautes. Associez les pièces et les fonctions des véhicules à roues et des robots pilotés pour construire ce robot polyvalent.

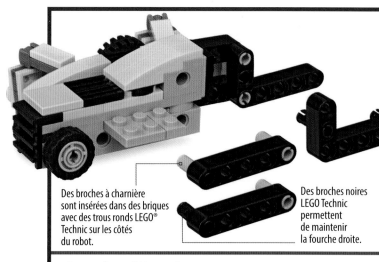

Des broches à charnière sont insérées dans des briques avec des trous ronds LEGO® Technic sur les côtés du robot.

Des broches noires LEGO Technic permettent de maintenir la fourche droite.

Fonction élévatrice

On obtient le mécanisme élévateur en utilisant quatre demi-poutres LEGO Technic, deux poutres coudées à sept trous et un mélange de broches à charnière LEGO Technic à friction et libres.

Modèles mobiles

Le robot élévateur utilise ses roues tout-terrain pour arpenter les paysages spatiaux plats. Lorsque le terrain devient accidenté, il déploie ses quatre membres montés sur rotules et finit le chemin à pied.

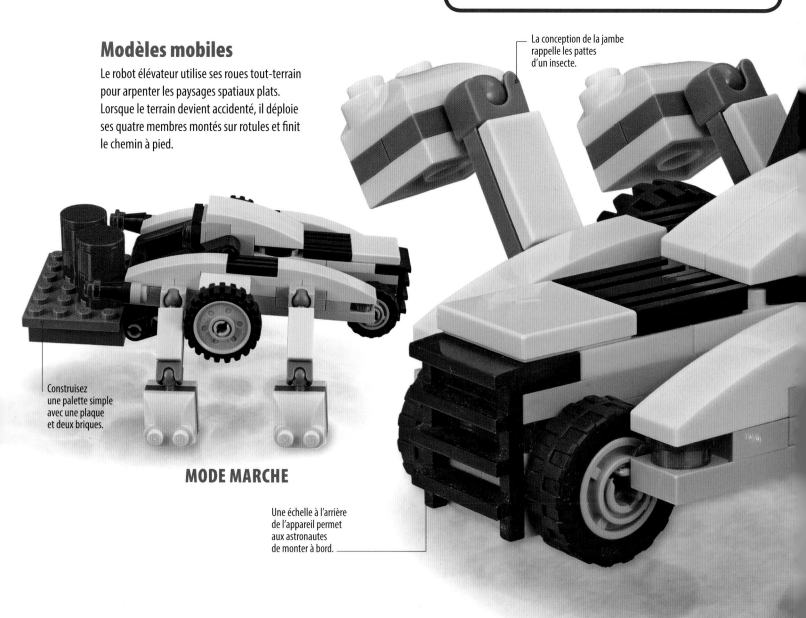

La conception de la jambe rappelle les pattes d'un insecte.

Construisez une palette simple avec une plaque et deux briques.

MODE MARCHE

Une échelle à l'arrière de l'appareil permet aux astronautes de monter à bord.

La fonction d'abord

Quand vous concevez un modèle LEGO avec une fonction mobile, construisez-la en premier. Ce n'est que lorsqu'elle fonctionne que vous pouvez construire le reste du modèle.

FOURCHE EN POSITION BASSE

conteneurs
omposent
deux briques rondes
2 surmontées
ne tuile ronde 2 x 2.

Les poutres parallèles qui encadrent la fourche la maintiennent à plat lorsqu'elle monte et descend.

FOURCHE EN POSITION HAUTE

Le phare avant se compose d'un cône 1 x 1 et d'une plaque ronde fixés à une plaque avec un anneau horizontal.

HÉ ! REGARDE UN PEU OÙ TU METS LES PIEDS !

Ces petites rotules sont présentes dans de nombreux ensembles LEGO avec des animaux.

Jambes repliées pour pouvoir rouler.

Le rover spatial

Pour transporter du matériel sur un trajet cour
un rover est idéal. Il permet de se déplacer
facilement à la surface d'une planète.
Avec sa suite de remorques identiques,
il ressemble à un train de l'espace.

C'EST PARTI !

De gros pneus tout-terrain pour rouler sur un terrain accidenté.

Des roues sont fixées dans des plaques d'essieu sous la plaque principale.

1 La base de la remorque

Chaque section de remorque se construit de la même façon : avec une plaque 2 x 6 et quatre roues. Une plaque avec un crochet à l'arrière permet de tirer la remorque.

Une autre strate de plaques permet de gagner en hauteur et en solidité.

2 Détails spatiaux

Construisez une remorque en ajoutant une plaque avec un trou à l'avant et en fixant le tout avec des strates de plaques.
En ajoutant des plaques 1 x 1 avec des pinces, vous pourrez fixer des détails mécaniques sur les côtés.

Les détails latéraux sont réalisés avec des poignées de sabre laser et des pentes 1 x 1, maintenues par des pinces.

Un réservoir réalisé à partir d'un grand élément de moteur 3 x 3 x 6 bleu, avec d'autres pièces pour une allure spatiale.

Un trou accueille le crochet de la remorque précédente.

Les conteneurs sont des éléments de caisse 2 x 2 avec des tuiles 2 x 2 en guise de couvercle.

BIIIIIP !!

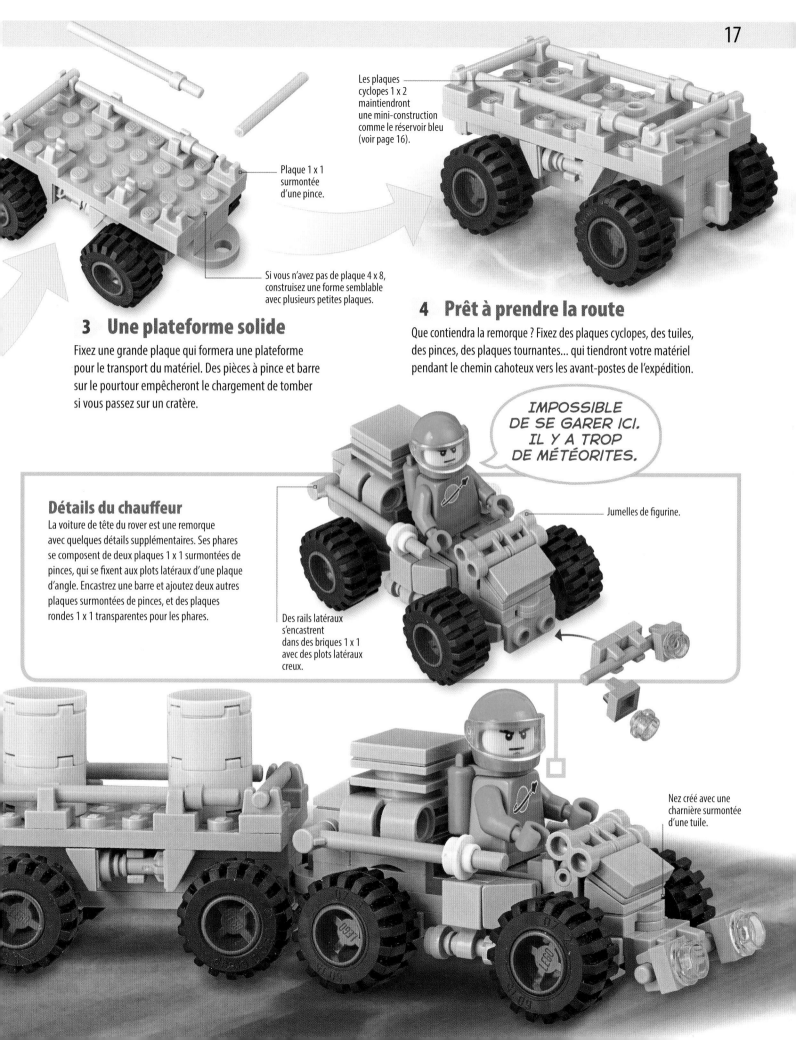

Les plaques cyclopes 1 x 2 maintiendront une mini-construction comme le réservoir bleu (voir page 16).

Plaque 1 x 1 surmontée d'une pince.

Si vous n'avez pas de plaque 4 x 8, construisez une forme semblable avec plusieurs petites plaques.

3 Une plateforme solide

Fixez une grande plaque qui formera une plateforme pour le transport du matériel. Des pièces à pince et barre sur le pourtour empêcheront le chargement de tomber si vous passez sur un cratère.

4 Prêt à prendre la route

Que contiendra la remorque ? Fixez des plaques cyclopes, des tuiles, des pinces, des plaques tournantes... qui tiendront votre matériel pendant le chemin cahoteux vers les avant-postes de l'expédition.

IMPOSSIBLE DE SE GARER ICI. IL Y A TROP DE MÉTÉORITES.

Détails du chauffeur

La voiture de tête du rover est une remorque avec quelques détails supplémentaires. Ses phares se composent de deux plaques 1 x 1 surmontées de pinces, qui se fixent aux plots latéraux d'une plaque d'angle. Encastrez une barre et ajoutez deux autres plaques surmontées de pinces, et des plaques rondes 1 x 1 transparentes pour les phares.

Jumelles de figurine.

Des rails latéraux s'encastrent dans des briques 1 x 1 avec des plots latéraux creux.

Nez créé avec une charnière surmontée d'une tuile.

L'équipement spatial

La technologie est indispensable pour vivre et travailler sur une nouvelle planète. Une équipe d'ingénieurs talentueux est chargée de créer tout l'équipement spatial dont les astronautes auront besoin sur la planète Volga.

Pente imprimée

Brique 1 x 2 texturée pour plus de réalisme.

Un poste informatique

Combinez des éléments carrés et ronds pour créer un ordinateur qui serait tout aussi utile à bord d'un vaisseau spatial que sur une autre planète.

Des flexibles attachés avec des pinces deviennent des câbles d'alimentation.

Utilisez une antenne 8 x 8, ou la plus grande possible !

Une charnière laisse l'antenne satellite pivoter de haut en bas.

Un chariot de l'espace

Même les astronautes ont parfois besoin de pousser des objets à la main. Avec ses bras de robot qui maintiennent le chargement, ce chariot high-tech est renforcé pour les planètes à forte gravité.

Les bras de robot articulés se fixent aux barres.

Jantes sans pneus fixées avec des broches LEGO Technic.

Un échafaudage d'un seul tenant est plus résistant qu'une haute tour fine en plusieurs parties.

Une antenne satellite

Grâce à une installation satellite à la surface de la planète, l'équipe de l'expédition peut communiquer avec son vaisseau en orbite. Parmi les pièces utiles : un échafaudage et une antenne satellite.

TOUTE CETTE ÉNERGIE, JUSTE POUR RECHARGER MON TÉLÉPHONE !

Des panneaux en briques gris transparent, encadrées de plaques bleu transparent.

Le pare-chocs avant se compose d'une seule grille.

Des phares s'encastrent dans une barre fixée au cadre du scooter.

Des drapeaux fixés à des plaques à barre fixe créent des ailes pour le stabiliser en vol.

Pot d'échappement créé à partir de pièces de pistolet laser.

Un scooter des airs

Populaire dans les colonies spatiales, le scooter des airs est rapide et facile à piloter. Son cadre repose sur une plaque de base 2 x 4, avec de nombreuses briques à plots latéraux et des pièces à pinces et barres qui créent des points d'attache pour plus de détails intéressants.

Un générateur

Pas besoin de transporter des piles de rechange à l'autre bout de l'univers quand on a un microgénérateur de fusion portatif. De petits éléments originaux composent les détails.

Une palette de gris donne une allure fonctionnelle et industrielle.

Canalisations et tubes à base de grilles, de revolvers et de jumelles.

Toujours plus de détails

Des plaques 1 x 4 verrouillent les charnières, tandis que les revolvers sont maintenus par des plaques 1 x 1 surmontées de pinces. Les fans aiment ces petits détails mécaniques qui rendent les modèles plus sophistiqués.

Piles à combustible créées avec deux briques rondes 2 x 2, une plaque ronde 2 x 2 et un dôme 2 x 2.

Une source d'énergie

Utilisez des flexibles pour relier plusieurs modules spatiaux, comme un ensemble de panneaux solaires, une plateforme de recharge de piles à combustible et une éolienne.

Construisez sur une large base solide, ou contentez-vous d'une plaque de base.

La capsule planétaire

Pendant la construction de la colonie, les astronautes vivent dans ce module d'habitation temporaire. Largué depuis le vaisseau en orbite, il est un peu exigu, mais a tout ce qu'il faut pour survivre sur une autre planète.

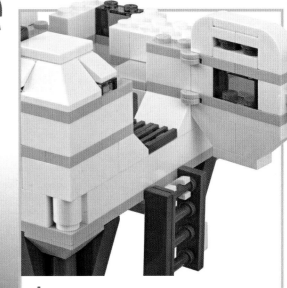

Le sas

Le sas est construit sur le modèle des fenêtres (voir page 21), avec des plaques à charnière pour l'ouvrir, et une brique 1 x 1 à barre verticale pour le fermer solidement.

Armature articulée en barres LEGO Technic en T et bras de robot.

Toit amovible construit sur une plaque 8 x 8.

Pente de coin de toit.

Une maison spatiale

Cette capsule est construite comme un cube basique, avec des pentes et des détails pour la distinguer d'un simple conteneur. Elle est montée sur pilotis, et une échelle mène au sas d'entrée. Une antenne satellite sur le toit lui permet de rester en contact avec le vaisseau de la colonie.

Les pilotis sont faits de pentes inversées, de briques rondes 1 x 1 et de briques d'angle.

Ajoutez des pièces transparentes (comme ces plaques 1 x 1) pour donner l'illusion de lumières allumées.

L'échelle se compose d'une clôture 1 x 4 avec une tuile couvrant ses plots, fixée au module par une plaque 1 x 2 avec des pinces.

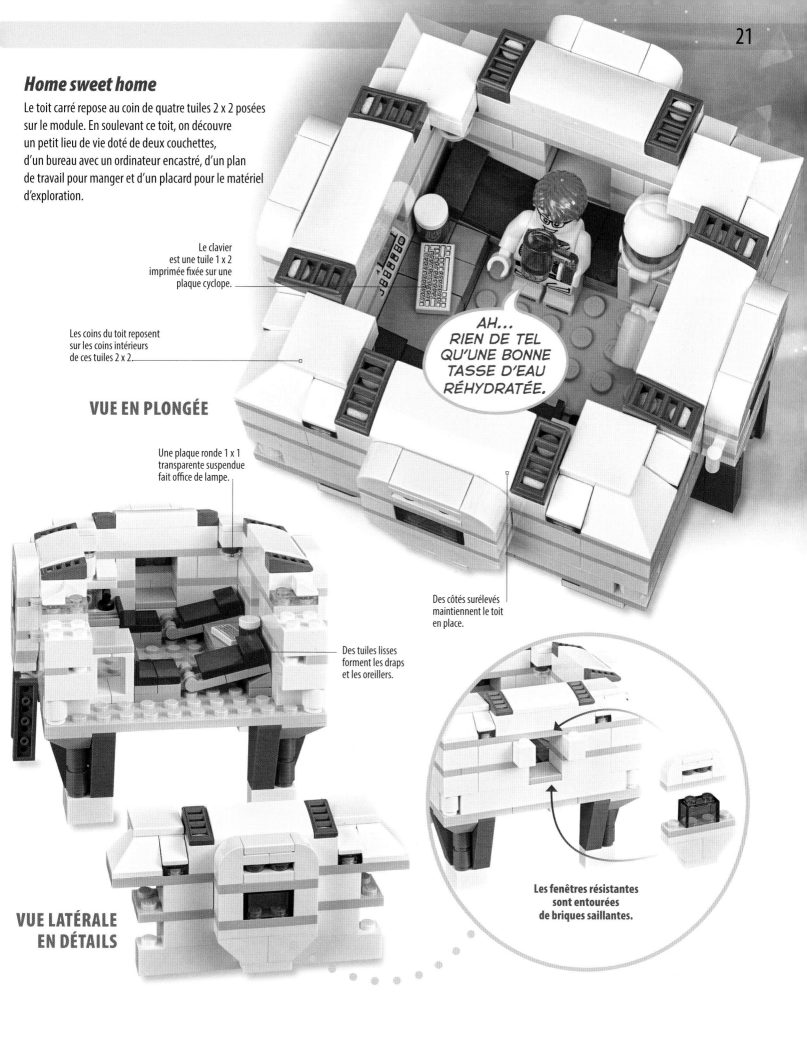

Home sweet home

Le toit carré repose au coin de quatre tuiles 2 x 2 posées sur le module. En soulevant ce toit, on découvre un petit lieu de vie doté de deux couchettes, d'un bureau avec un ordinateur encastré, d'un plan de travail pour manger et d'un placard pour le matériel d'exploration.

Le clavier est une tuile 1 x 2 imprimée fixée sur une plaque cyclope.

Les coins du toit reposent sur les coins intérieurs de ces tuiles 2 x 2.

VUE EN PLONGÉE

AH... RIEN DE TEL QU'UNE BONNE TASSE D'EAU RÉHYDRATÉE.

Une plaque ronde 1 x 1 transparente suspendue fait office de lampe.

Des côtés surélevés maintiennent le toit en place.

Des tuiles lisses forment les draps et les oreillers.

VUE LATÉRALE EN DÉTAILS

Les fenêtres résistantes sont entourées de briques saillantes.

Une porte spatiale

Les ordres du commandant sont clairs :
il est temps de commencer à construire
les lieux de travail de la colonie. L'équipage
doit d'abord assembler un sas pour garder
l'oxygène à l'intérieur et la poussière
spatiale à l'extérieur.

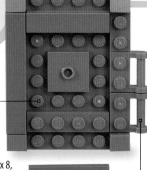

C'EST PARTI !

Plaque 6 x 8,
ou plusieurs
petites plaques
accolées.

Utilisez des plaques
avec des barres
pour la charnière.

1   Construisez la porte

Commencez par la porte en elle-même. Réfléchissez
à son mécanisme d'ouverture, et ajoutez des pièces
pour les détails et la profondeur.

2   Le pied du mur

Ensuite, prenez une plaque de base
et commencez à construire un mur. L'espace
pour l'embrasure doit être légèrement plus petit
que la porte, afin qu'elle puisse rester fermée.

Utilisez des grilles
pour imiter des grillages
et panneaux d'aération.

Un seuil de deux plaques de haut
empêche la porte de s'ouvrir
en grand.

**Construisez d'abord
un mur classique
pour évaluer
la taille du cadre
de la porte.**

Une tuile maintient
la plaque à pince.

3   Une construction charnière

Ajoutez des pinces au mur pour former les charnières.
Faites preuve d'imagination, mais fixez-les solidement.
Les charnières de cette porte s'encastrent dans des briques
1 x 4 avec des plots latéraux au mur.

L'échelle devient
une bouche
d'aération.

Une fois la porte
fixée, elle doit
dépasser cette
rangée de briques.

Construisez le même
mur de ce côté, mais
sans les charnières.

4   Construisez vers le haut

Construisez le mur pour créer un cadre de porte,
et ajoutez des détails carrés très high-tech pour
le rendre unique. Cette section doit rester plus petite
que la porte elle-même.

Des sections plus
épaisses font gagner
le pied du mur
en stabilité.

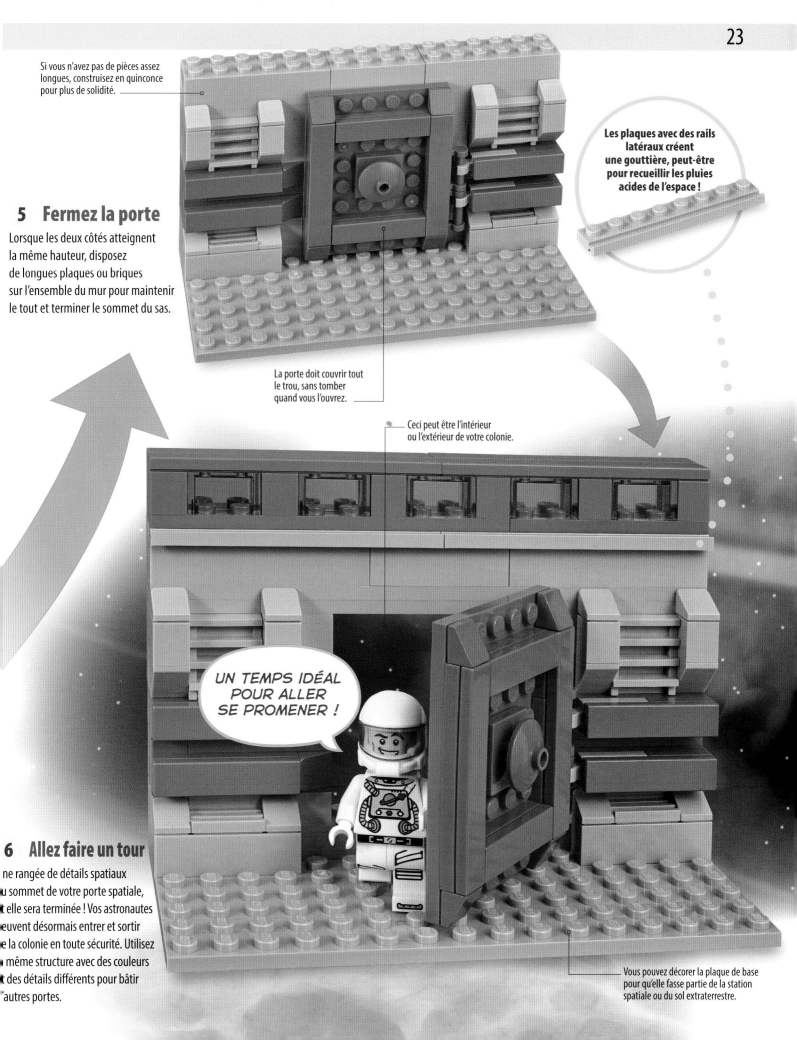

Si vous n'avez pas de pièces assez longues, construisez en quinconce pour plus de solidité.

Les plaques avec des rails latéraux créent une gouttière, peut-être pour recueillir les pluies acides de l'espace !

5 Fermez la porte

Lorsque les deux côtés atteignent la même hauteur, disposez de longues plaques ou briques sur l'ensemble du mur pour maintenir le tout et terminer le sommet du sas.

La porte doit couvrir tout le trou, sans tomber quand vous l'ouvrez.

Ceci peut être l'intérieur ou l'extérieur de votre colonie.

UN TEMPS IDÉAL POUR ALLER SE PROMENER !

6 Allez faire un tour

ne rangée de détails spatiaux
u sommet de votre porte spatiale,
t elle sera terminée ! Vos astronautes
euvent désormais entrer et sortir
e la colonie en toute sécurité. Utilisez
 même structure avec des couleurs
t des détails différents pour bâtir
autres portes.

Vous pouvez décorer la plaque de base pour qu'elle fasse partie de la station spatiale ou du sol extraterrestre.

Portes et murs de science-fiction

Bien souvent, les portes sont des rectangles, et les murs sont lisses… Mais quand on imagine le futur, nous avons toutes les options de l'univers. Inspirez-vous de certains de ces modèles de science-fiction.

ET ENSUITE ?

Agrandissez le mur construit pages 22-23 ou partez de zéro en vous inspirant de ce que vous avez appris.

UN MUR SIMPLE

UNE PLATEFORME

Un mur simple

Un truc tout simple pour les murs : fixez de grandes plaques à une base avec des charnières à clips. N'allez pas trop haut, sans quoi les charnières ne seront pas assez solides pour les maintenir.

Les plaques à grillage font d'excellents panneaux muraux de science-fiction.

Le motif bleu et jaune transparent fait écho au motif au-dessus de la porte, sans le reprendre exactement.

Des tuiles rondes couvrent les plots au centre.

Ces tuiles bleues prolongent les rayures de la porte spatiale.

Cette section intermédiaire est la porte de la page précédente.

C'EST COMMENT, DEHORS ?

L'ATMOSPHÈRE N'EST PAS TERRIBLE.

Raccord avec charnières à clips.

UNE PORTE COULISSANTE

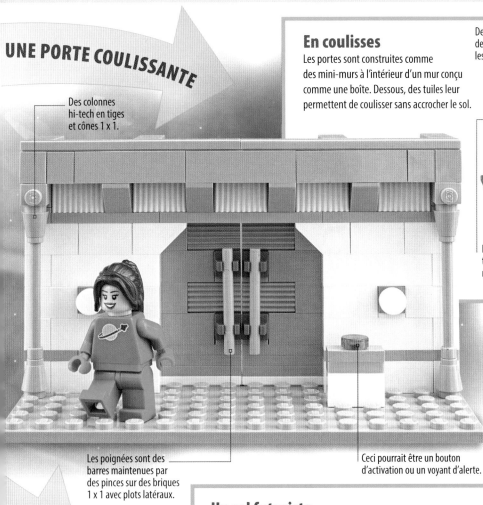

Des colonnes hi-tech en tiges et cônes 1 x 1.

En coulisses

Les portes sont construites comme des mini-murs à l'intérieur d'un mur conçu comme une boîte. Dessous, des tuiles leur permettent de coulisser sans accrocher le sol.

Des tuiles sur le dessus maintiennent les portes à l'intérieur.

Des butées empêchent les portes d'aller trop loin et vous laissent contrôler leur mouvement depuis l'arrière du modèle.

VUE ARRIÈRE

Des portes coulissantes

Pour accentuer le thème de la science-fiction, construisez des portes coulissantes. Le mur qui les entoure doit être ultra-épais, avec un espace vide pour les rendre escamotables quand elles s'ouvrent.

Les poignées sont des barres maintenues par des pinces sur des briques 1 x 1 avec plots latéraux.

Ceci pourrait être un bouton d'activation ou un voyant d'alerte.

Un sol futuriste

Le motif au sol est créé en construisant un espace vide dans la base. Un mur de briques fait de pièces, tuiles et plaques texturées vient s'y insérer latéralement.

Échelles et pentes sont disposées en alternance.

Plaques et tuiles forment de fines rayures jaunes.

CETTE BUTÉE DE PORTE A L'AIR SUSPECTE.

UNE PLATEFORME

Cette section utilise une conception bien plus élaborée que le mur simple ci-contre. Au lieu d'une plaque de base, le sol se compose de briques tournées sur le côté. Des éléments SNOT permettent de fixer un mur couvert de détails.

Des grilles jaunes pour des marches bien visibles.

Une porte à pignons

D'étranges signaux proviennent de l'extérieur de cette porte… Elle utilise des pignons LEGO Technic qui la soulèvent quand on tourne la poignée. Attention aux surprises derrière !

Alignez les briques avec des trous afin que l'essieu puisse les traverser.

L'essieu traverse une brique 1 x 4 avec trois trous ronds LEGO Technic.

1 Des trous dans le mur

La porte a besoin d'un essieu droit qui traverse entièrement le modèle. Construisez un cadre de porte à l'aide de briques à trous ronds afin de soutenir l'essieu et de le laisser tourner librement.

Un cylindre à charnière LEGO Technic combine deux petits essieux en X en une longue plaque à crémaillère.

2 Ajoutez les essieux

Glissez les essieux en X dans les trous de chaque côté, en plaçant un petit pignon à 8 dents à l'intérieur. Assemblez les deux essieux par le milieu avec un cylindre à charnière LEGO Technic. Placez une bague à l'extrémité, et ajoutez un pignon pour figurer un bouton de porte.

Roue à 8 dents

Essieu en X LEGO Technic

Bague

Roue double à 12 dents

Créez une porte plus haute que les pignons pour qu'elle ne tombe pas une fois fermée.

3 Ajoutez la porte

Construisez une porte et glissez-la dans le mécanisme par le dessus, afin que les pignons à 8 dents sur les essieux puissent s'encastrer dans les plaques à crémaillère sur la porte.

Plaque à crémaillère 1 x 4

Utilisez n'importe quelle pièce pour les détails, dès lors qu'elle ne gêne pas l'essieu.

Un accord parfait

Le succès de la conception de cette porte tient à la largeur de la plaque à crémaillère sur l'extérieur. Elle repose sur deux strates de plaques, afin de s'insérer à la perfection dans les dents des essieux.

Le laboratoire

Dans le laboratoire de recherche de la colonie, l'équipe scientifique analyse des échantillons afin d'en savoir plus sur la vie de cette planète. Cet atelier scientifique regorge d'instruments futuristes et d'appareils high-tech.

Des savants fous

Dans le labo, les techniciens analysent les minéraux, les gaz atmosphériques et les étranges plantes rapportées par l'équipe d'exploration. Ils ont tout ce qu'il faut, d'une hotte pour les fumées chimiques à un tapis roulant qui transporte les objets à travers une série de sondes et de scanners.

Cette hotte aspire les fumées toxiques et les germes extraterrestres.

Les éléments ouverts des murs sont légers mais solides.

SELON LES TESTS, CES CAROTTES SONT TROP PETITES.

SÉSAME, OUVRE-TOI !

Des briques 1 x 1 avec des barres créent des poignées.

Les portes mènent à d'autres pièces de la colonie.

Les portes du laboratoire

Les portes coulissantes du labo sont identiques à celles de la page 25, à cela près qu'elles sont intégrées à un modèle entier.

Ce mur épais cache les portes coulissantes quand elles sont ouvertes.

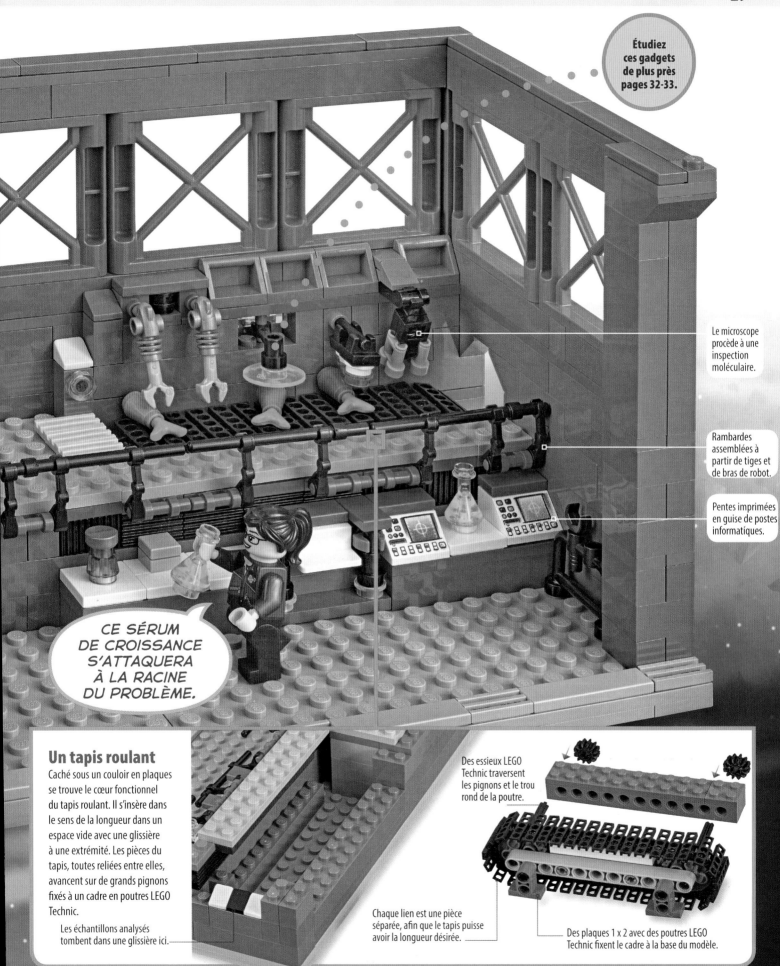

Étudiez ces gadgets de plus près pages 32-33.

Le microscope procède à une inspection moléculaire.

Rambardes assemblées à partir de tiges et de bras de robot.

Pentes imprimées en guise de postes informatiques.

CE SÉRUM DE CROISSANCE S'ATTAQUERA À LA RACINE DU PROBLÈME.

Un tapis roulant

Caché sous un couloir en plaques se trouve le cœur fonctionnel du tapis roulant. Il s'insère dans le sens de la longueur dans un espace vide avec une glissière à une extrémité. Les pièces du tapis, toutes reliées entre elles, avancent sur de grands pignons fixés à un cadre en poutres LEGO Technic.

Les échantillons analysés tombent dans une glissière ici.

Chaque lien est une pièce séparée, afin que le tapis puisse avoir la longueur désirée.

Des essieux LEGO Technic traversent les pignons et le trou rond de la poutre.

Des plaques 1 x 2 avec des poutres LEGO Technic fixent le cadre à la base du modèle.

La serre

La serre fournit un environnement tempéré et riche en nutriments pour faire pousser des plantes comestibles. Vous pouvez construire ce modèle seul ou l'associer à d'autres modules de la colonie, comme le laboratoire.

Une serre dans l'espace

Les scientifiques de la colonie ne mourront pas de faim sur leur nouvelle planète ! Ils font pousser leurs aliments en abondance dans cette serre. Des canalisations d'eau intégrées aux murs permettent d'arroser les plantes, « nourries » par un réservoir à nutriments en hauteur.

Carottes suspendues dans un caisson pour croissance rapide (voir pages 32-33).

Canalisations d'eau créées à partir de télescopes et de plaques rondes 1 x 1.

QU'EST-CE QU'ON MANGEAIT AVANT D'INVENTER L'ARBRE À PIZZA ?

Vitamines pour la croissance des plantes.

Ces plantes sont des strates de trois éléments à feuille 1 x 1, avec des plaques 1 x 2 pour les branches avec des fruits.

Des plaques bleu transparent symbolisent l'eau.

Ce volant contrôle la pression de l'eau dans les canalisations.

On dirait que ce fruit n'est pas encore mûr !

Les cylindres à charnière LEGO Technic relient le réservoir à deux poutres LEGO Technic. Les poutres sont fixées sur des briques 2 x 2 avec des broches latérales au sommet du mur.

VUE LATÉRALE

Le cœur bleu de ces tubes transparents évoque l'eau.

Le réservoir à nutriments est un cylindre en deux pièces d'un ensemble LEGO Hero Factory.

Des modules connectés

Vous pouvez placer vos modules côte à côte pour agrandir votre colonie de recherche. Sinon, surmontez les modules d'un toit en tuiles avec quelques plots pour empiler et retirer facilement un autre module.

Galerie d'outils

Faites preuve d'imagination pour associer des pièces avec des formes intéressantes et inventer les outils de demain. Utilisez des pistolets laser, des jumelles, des télescopes, des robinets, des pinces... et bien plus encore !

IL EST TEMPS DE FAIRE LE GRAND MÉNAGE.

GRENOUILLE

CAROTTE DE L'ESPACE

FLACON DE PRODUIT CHIMIQUE

BOCAL

PINCE MÉCANIQUE

MICROSCOPE

MINI-ÉTABLI

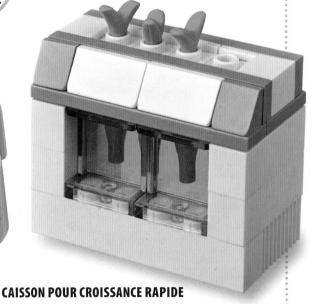

CAISSON POUR CROISSANCE RAPIDE

STÉRILISATEUR

SEAU

FLACON D'ANALYSES

SPÉCIMEN DE POISSON

BRUMISATEUR

DÉTECTEUR D'ONDES

RÉSERVOIR D'EAU

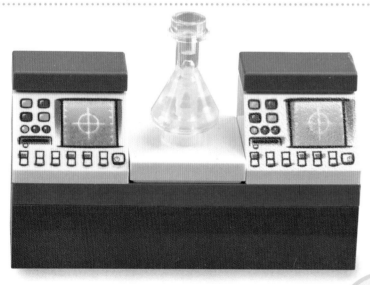

POSTE INFORMATIQUE

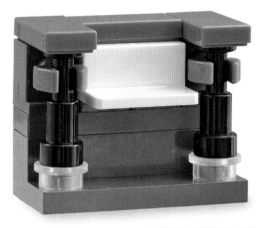

BANC DE LABORATOIRE

Avez-vous vu ces modèles scientifiques dans les modules de la colonie pages 28 à 31 ?

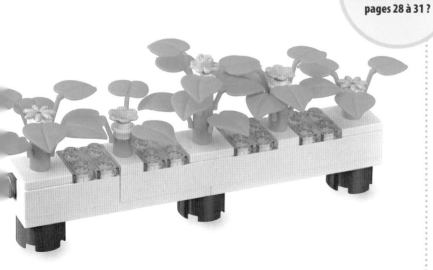

TABLE DE JARDINAGE

HOTTE

Un alien

Un astronaute annonce une nouvelle incroyable : Volga présente des formes de vie aliens ! Construisez un extraterrestre en associant des pièces de formes et couleurs intéressantes à des charnières pour qu'il soit mobile.

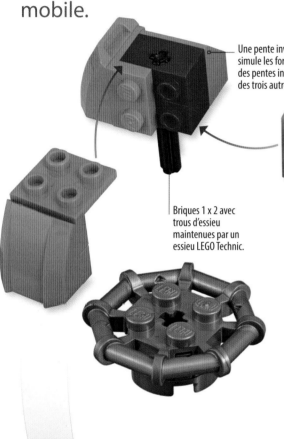

Une pente inversée simule les formes des pentes incurvées des trois autres côtés.

Briques 1 x 2 avec trous d'essieu maintenues par un essieu LEGO Technic.

Pente incurvée fixée à une plaque d'angle 1 x 2/2 x 2 SNOT.

C'EST PARTI !

L'anneau compte huit segments de barres.

Fixez deux plaques rondes 2 x 2 avec des trous en dessous.

1 La structure de la créature

Commencez par le corps de votre extraterrestre. Vous voulez qu'il ait des tentacules ? Une plaque avec un anneau octogonal fournit une forme circulaire avec de nombreux points d'attache.

Ces pièces gris clair forment le dos des plaques avec les cavités.

Arche 1 x 4

Pente inversée 1 x 2

2 Construisez son corps

Ensuite, assemblez deux briques 1 x 2 avec des trous en X à un essieu en X LEGO Technic qui traverse les trous des plaques rondes de l'étape 1. Utilisez trois plaques d'angle pour fixer les pièces incurvées du corps.

Le cou est un grand cône 2 x 2, avec une plaque 1 x 1 surmontée d'une pince verticale.

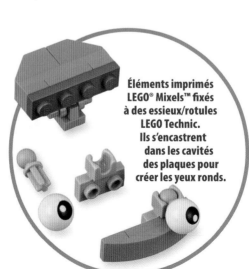

Éléments imprimés LEGO® Mixels™ fixés à des essieux/rotules LEGO Technic. Ils s'encastrent dans les cavités des plaques pour créer les yeux ronds.

3 Ajoutez la tête

Utilisez des plaques, des pentes inversées et une petite arche pour construire la tête. Une plaque à poignée 1 x 2 crée un cou, et deux petites plaques 1 x 2 avec des cavités maintiennent les yeux au sommet.

4 Fixez les jambes

Chaque jambe de l'extraterrestre se compose
d'une plaque 1 x 4, d'une pente incurvée 1 x 3,
d'une pente 1 x 1, d'une plaque 1 x 2 avec
une barre, d'une pince et d'un bras de robot.
N'oubliez pas : il vous faut six pièces de chaque !

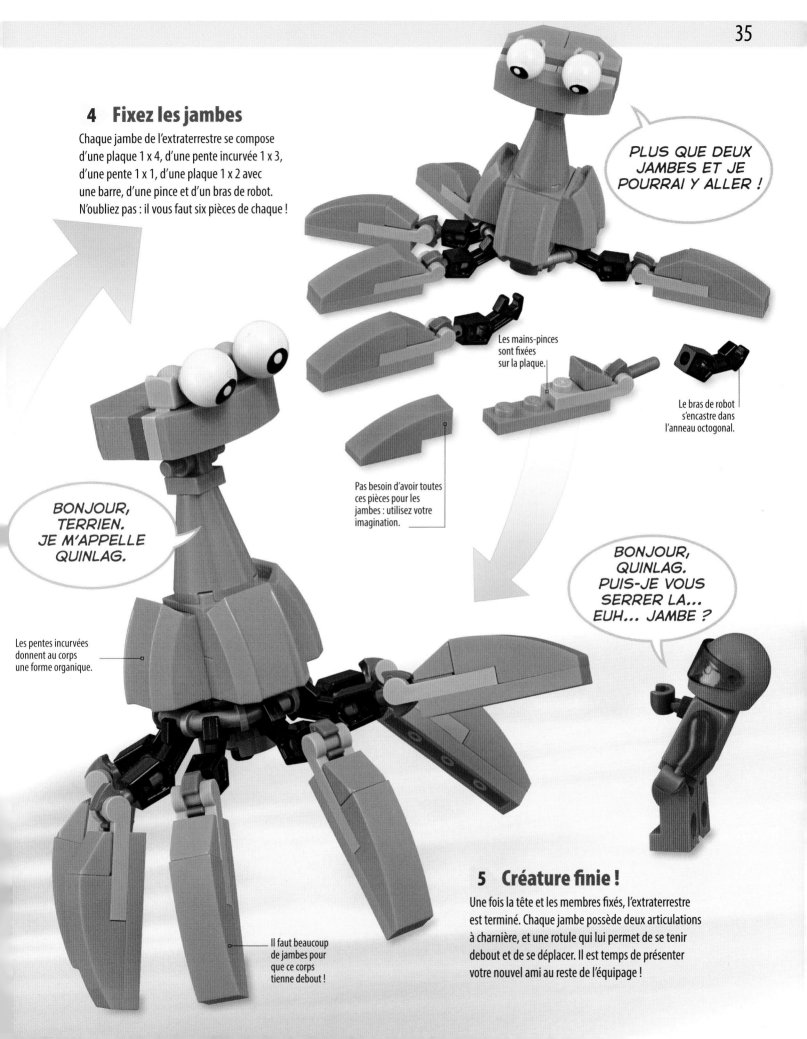

PLUS QUE DEUX JAMBES ET JE POURRAI Y ALLER !

Les mains-pinces sont fixées sur la plaque.

Le bras de robot s'encastre dans l'anneau octogonal.

BONJOUR, TERRIEN. JE M'APPELLE QUINLAG.

Pas besoin d'avoir toutes ces pièces pour les jambes : utilisez votre imagination.

Les pentes incurvées donnent au corps une forme organique.

BONJOUR, QUINLAG. PUIS-JE VOUS SERRER LA... EUH... JAMBE ?

Il faut beaucoup de jambes pour que ce corps tienne debout !

5 Créature finie !

Une fois la tête et les membres fixés, l'extraterrestre
est terminé. Chaque jambe possède deux articulations
à charnière, et une rotule qui lui permet de se tenir
debout et de se déplacer. Il est temps de présenter
votre nouvel ami au reste de l'équipage !

Des formes de vie aliens

En explorant la planète, les astronautes découvrent d'autres extraterrestres, tous plus étranges les uns que les autres. Peuplez votre planète de nombreuses formes de vie aliens aussi amicales qu'amusantes.

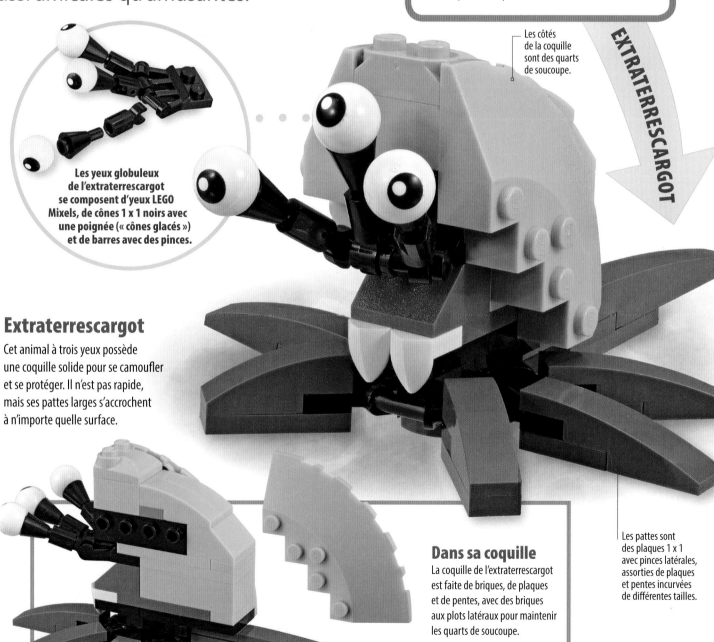

ET ENSUITE ?

Les extraterrestres de cette double page sont construits à partir de l'anneau octogonal de la page 34. Trouvez d'autres pièces dans votre collection de briques LEGO pour fixer d'autres membres.

EXTRATERRESCARGOT

Les côtés de la coquille sont des quarts de soucoupe.

Les yeux globuleux de l'extraterrescargot se composent d'yeux LEGO Mixels, de cônes 1 x 1 noirs avec une poignée (« cônes glacés ») et de barres avec des pinces.

Extraterrescargot

Cet animal à trois yeux possède une coquille solide pour se camoufler et se protéger. Il n'est pas rapide, mais ses pattes larges s'accrochent à n'importe quelle surface.

Dans sa coquille

La coquille de l'extraterrescargot est faite de briques, de plaques et de pentes, avec des briques aux plots latéraux pour maintenir les quarts de soucoupe.

Les pattes sont des plaques 1 x 1 avec pinces latérales, assorties de plaques et pentes incurvées de différentes tailles.

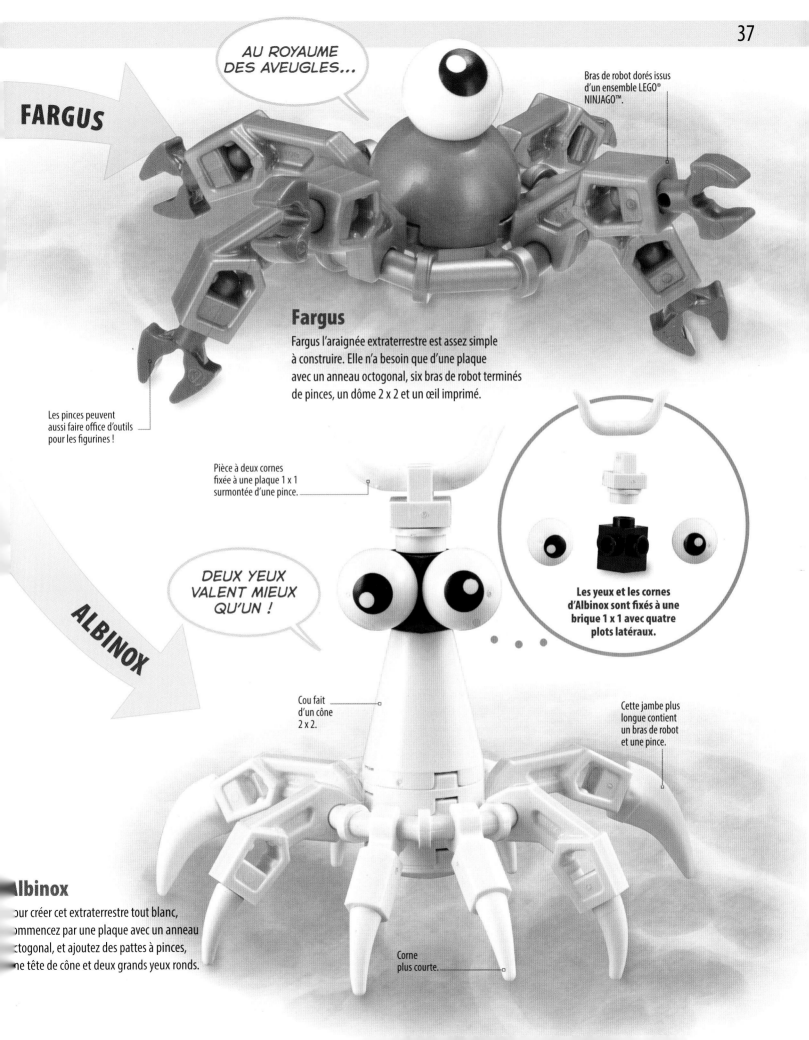

FARGUS

AU ROYAUME DES AVEUGLES...

Bras de robot dorés issus d'un ensemble LEGO® NINJAGO™.

Fargus

Fargus l'araignée extraterrestre est assez simple à construire. Elle n'a besoin que d'une plaque avec un anneau octogonal, six bras de robot terminés de pinces, un dôme 2 x 2 et un œil imprimé.

Les pinces peuvent aussi faire office d'outils pour les figurines !

Pièce à deux cornes fixée à une plaque 1 x 1 surmontée d'une pince.

DEUX YEUX VALENT MIEUX QU'UN !

ALBINOX

Les yeux et les cornes d'Albinox sont fixés à une brique 1 x 1 avec quatre plots latéraux.

Cou fait d'un cône 2 x 2.

Cette jambe plus longue contient un bras de robot et une pince.

Albinox

Pour créer cet extraterrestre tout blanc, commencez par une plaque avec un anneau octogonal, et ajoutez des pattes à pinces, une tête de cône et deux grands yeux ronds.

Corne plus courte.

D'autres formes de vie aliens

Les astronautes découvrent que la planète Volga déborde de vie, et que ses habitants fourmillent, rampent et volent partout à sa surface. Quelles autres créatures étranges allez-vous imaginer ?

ET ENSUITE ?

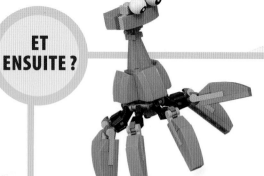

Les extraterrestres peuvent ressembler à ce que vous voulez : utilisez n'importe quelle couleur, forme ou texture.

EXTRATERRESCARGOT JR.

Extraterrescargot Jr.

Cette version juvénile de l'extraterrescargot de la page 36 a une grande coquille, mais un seul œil ! Il perdra sa dent de lait avant de devenir adulte.

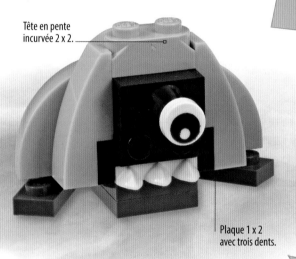

Tête en pente incurvée 2 x 2.

Plaque 1 x 2 avec trois dents.

Cornes insérées dans des plots latéraux creux.

Le sommet du crâne de Bano est une plaque ronde 1 x 1 et une tuile ronde 1 x 1 dorées.

BANALIEN

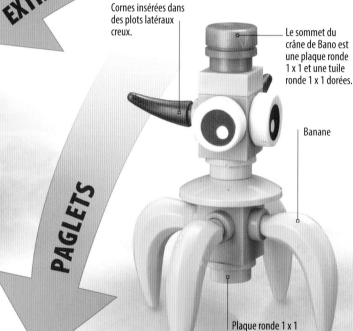

Banane

PAGLETS

Plaque ronde 1 x 1

Bano le Banalien

Cette créature jaune unique en son genre repose sur deux briques 1 x 1 avec des plots sur le dessus et les côtés. Elle a deux yeux, deux cornes... et quatre bananes à la place des pattes.

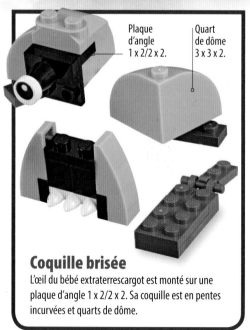

Plaque d'angle 1 x 2/2 x 2.

Quart de dôme 3 x 3 x 2.

Coquille brisée

L'œil du bébé extraterrescargot est monté sur une plaque d'angle 1 x 2/2 x 2. Sa coquille est en pentes incurvées et quarts de dôme.

Les paglets

Utilisez les mêmes pièces, mais de couleurs différentes, pour créer toute une horde de créatures assorties. Les paglets à la tête pointue sont curieux de tout et ont tendance à filer à l'anglaise avec tout outil ou aliment !

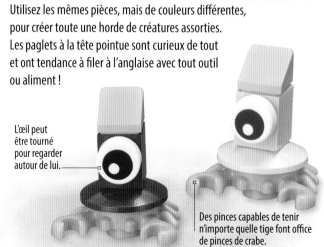

L'œil peut être tourné pour regarder autour de lui.

Des pinces capables de tenir n'importe quelle tige font office de pinces de crabe.

Pente 1 x 1

Brique 1 x 1 avec plot latéral

Antenne satellite 2 x 2

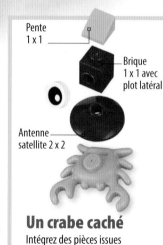

Un crabe caché

Intégrez des pièces issues d'animaux à vos extraterrestres : le paglet est construit sur une pièce de crabe !

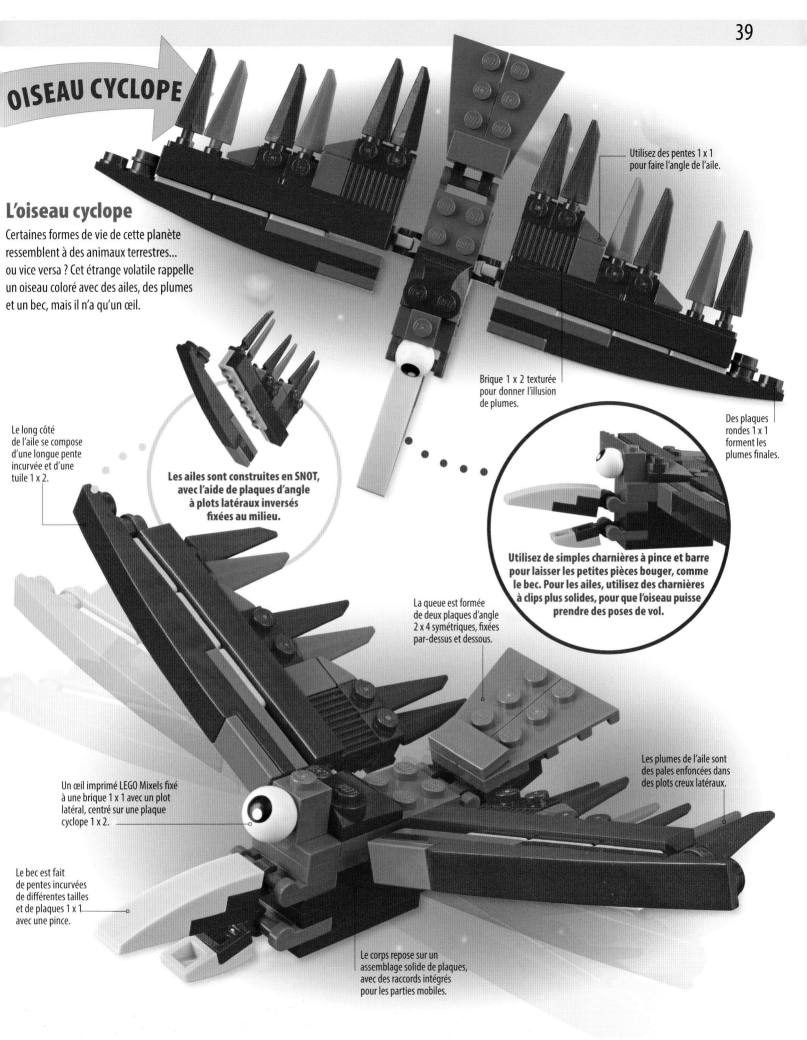

OISEAU CYCLOPE

L'oiseau cyclope

Certaines formes de vie de cette planète ressemblent à des animaux terrestres... ou vice versa ? Cet étrange volatile rappelle un oiseau coloré avec des ailes, des plumes et un bec, mais il n'a qu'un œil.

Utilisez des pentes 1 x 1 pour faire l'angle de l'aile.

Brique 1 x 2 texturée pour donner l'illusion de plumes.

Des plaques rondes 1 x 1 forment les plumes finales.

Le long côté de l'aile se compose d'une longue pente incurvée et d'une tuile 1 x 2.

Les ailes sont construites en SNOT, avec l'aide de plaques d'angle à plots latéraux inversés fixées au milieu.

Utilisez de simples charnières à pince et barre pour laisser les petites pièces bouger, comme le bec. Pour les ailes, utilisez des charnières à clips plus solides, pour que l'oiseau puisse prendre des poses de vol.

La queue est formée de deux plaques d'angle 2 x 4 symétriques, fixées par-dessus et dessous.

Les plumes de l'aile sont des pales enfoncées dans des plots creux latéraux.

Un œil imprimé LEGO Mixels fixé à une brique 1 x 1 avec un plot latéral, centré sur une plaque cyclope 1 x 2.

Le bec est fait de pentes incurvées de différentes tailles et de plaques 1 x 1 avec une pince.

Le corps repose sur un assemblage solide de plaques, avec des raccords intégrés pour les parties mobiles.

Plantes et paysages de l'espace

Pendant que certains membres de l'équipage rencontrent leurs nouveaux voisins, d'autres explorent l'environnement et découvrent la flore. Utilisez vos pièces les plus originales pour créer des plantes fantastiques.

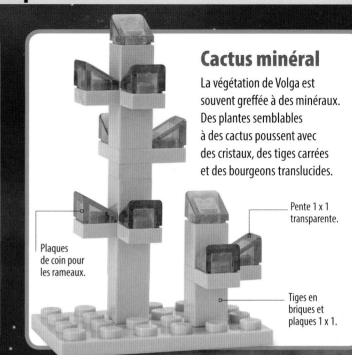

Cactus minéral

La végétation de Volga est souvent greffée à des minéraux. Des plantes semblables à des cactus poussent avec des cristaux, des tiges carrées et des bourgeons translucides.

Pente 1 x 1 transparente.

Plaques de coin pour les rameaux.

Tiges en briques et plaques 1 x 1.

Une pièce d'herbe est fixée au plot au centre des buissons.

Un nid de broussailles

Faciles à confondre avec des graines, les sphères au centre de ces buissons colorés sont les œufs d'un extraterrestre, protégés par les feuilles menaçantes de la plante.

Les œufs sont des balles LEGO Technic.

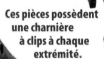

Ces pièces possèdent une charnière à clips à chaque extrémité.

Une plante dangereuse

Toutes les plantes ne sont pas inoffensives. Une plaque avec un anneau octogonal et un ensemble de charnières à cylindres vous permettent de créer un spécimen horticole affamé qui ne serait pas contre une bouchée d'astronaute.

Créez une charnière avec une plaque 1 x 2 à pinces et une plaque 1 x 2 à poignée.

Un petit essieu rouge en X relie la tige à une brique 1 x 2 avec trou d'essieu.

Feuilles en briques 1 x 2 avec pinces et pentes 1 x 2.

AÏE ! CELLE-CI MORD !

Plaque 1 x 2 avec trois dents.

Grande base en antenne satellite.

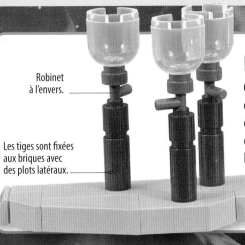

Des plantes en pots

Ces plantes utilisent leurs feuilles en forme de pot pour recueillir la rosée et la stocker dans leur tige creuse. Certains animaux de la planète savent boire à partir de leurs branches en forme de robinet.

Robinet à l'envers.

Les tiges sont fixées aux briques avec des plots latéraux.

Base construite comme un mur de briques sur le côté.

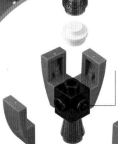

Brique 1 x 1 avec quatre plots latéraux.

Les pétales de cette fleur sont des pentes incurvées fixées à des briques avec des plots sur le dessus et les côtés.

Des fleurs à corne

Les fleurs géantes à corne de Volga ressemblent à des plantes des profondeurs des océans terrestres. On les trouve dans toutes les tailles, et elles grandissent toute leur vie, qui dure plus d'un siècle.

Étamine faite d'un cône transparent et d'une corne.

Tige haute créée à partir de cônes empilés.

Le détecteur de vie est fait d'un pistolet laser, de deux joysticks et d'une tuile ronde.

Paysages de l'espace

Construisez des toiles de fond pour vos scènes extraterrestres en utilisant des briques pour créer différents niveaux qui symboliseront des montagnes avec des pentes de toutes les tailles.

Une pente haute pour un pic abrupt.

Une longue pente pour un dénivelé doux.

Les petits arbres sont des antennes satellites et des plaques rondes transparentes empilées sur des cônes.

Base en briques empilées.

Arbres extraterrestres

Ce ne sont pas des soucoupes volantes, mais des arbres-champignons. Les troncs des grands arbres sont faits de briques rondes 2 x 2 empilées, avec un essieu en X LEGO Technic au milieu, pour plus de stabilité. Des tentacules fixés aux briques avec des plots creux latéraux leur donnent un air vraiment extraterrestre.

Un micro-vaisseau

La mission suivante de la colonie : construire un vaisseau spatial pour se déplacer sur sa nouvelle planète. Si vous n'avez pas assez de briques pour un grand vaisseau, faites-en un à l'échelle micro.

C'EST PARTI !

Une plaque coulissante ajoute une courbe pour un atterrissage tout en douceur.

Des plaques rondes 1 x 1 créent une surface lisse sur laquelle assembler le niveau supérieur.

1 Pièces de base

Vous n'avez besoin que de quelques pièces pour construire un micro-vaisseau. Une plaque 2 x 4 assure une base stable, tandis que les autres pièces définiront la forme du modèle.

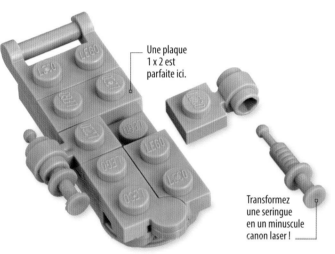

Une plaque 1 x 2 est parfaite ici.

Transformez une seringue en un minuscule canon laser !

2 La forme du vaisseau

Une plaque charnière pliée donne à votre micro-vaisseau un nez pointu, et une plaque 1 x 2 avec une barre crée un point d'ancrage au dos. Ajoutez des plaques 1 x 1 avec des anneaux horizontaux propices aux détails futuristes.

IL FAUT DE LA POIGNE !

Des plaques à barre fixe créent des socles pour les ailes.

De petits éléments LEGO détaillés deviennent de grandes pièces détaillées sur un micro-modèle. Quelles pièces de votre collection pourraient devenir un véhicule miniature ?

3 Couleurs et détails

Cet ensemble de pièces renforce les détails de votre micro-vaisseau, tout en lui donnant une jolie palette. Les barres qui permettent d'assembler les ailes sont particulièrement utiles.

Une plaque 1 x 2 avec des barres latérales dote un grand vaisseau de petits lasers... ou un mini-vaisseau de canons géants !

4 Prenez votre envol

Construisez deux ailes symétriques et fixez-les aux côtés du modèle. Attachez aussi des réacteurs de fusée à la barre au dos !

Une plaque à charnière à clips 1 x 2 ajoute une touche décorative.

Cette équerre sert habituellement à fixer des sacs à dos aux figurines !

Une plaque 2 x 2 se trouve sous la tuile 1 x 2, et les pentes incurvées qui forment le corps du modèle ont la même hauteur que le cockpit.

5 Paré au décollage !

Utilisez une tuile et des pentes incurvées pour couvrir les plots et peaufiner la forme du modèle. Ajoutez une pièce transparente pour le cockpit, et lancez-vous dans des aventures spatiales miniatures.

Le bleu, le gris et le jaune transparent sont des couleurs classiques des ensembles spatiaux LEGO.

Fixez des poignées de sabres laser sur ces plots pour un vaisseau de combat lourdement armé !

UN PEU PETIT, MAIS RAPIDE !

Les barres fixes ressemblent à une extension des canons laser.

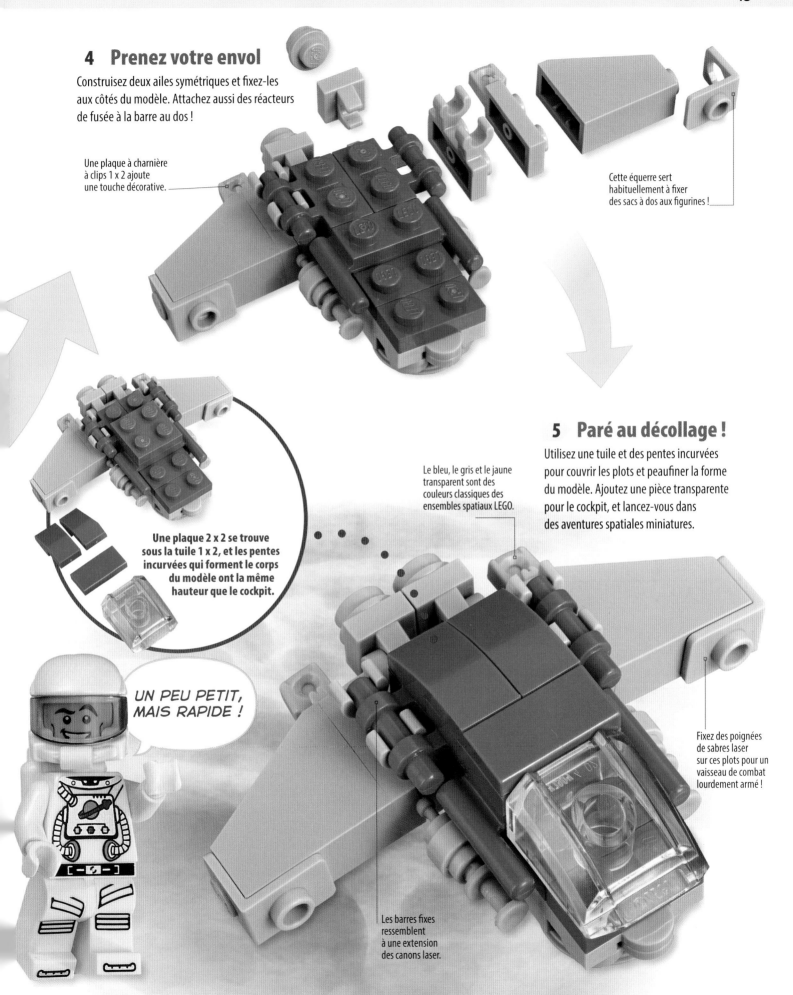

La flotte spatiale

Pourquoi se contenter d'un seul vaisseau quand on peut assembler une flotte entière ? Vous pouvez construire toute une armada de chasseurs, de cargos, de croiseurs et de navettes.

ET ENSUITE ?

LA NAVETTE ZYCON

Comme le vaisseau spatial de la page précédente, ces micro-vaisseaux utilisent des petites pièces de façon inventive.

LE CHASSEUR ONYX

Des drapeaux deviennent des ailerons.

Les canons latéraux sont des tournevis de figurine, encastrés dans des plaques 1 x 1 avec des anneaux horizontaux.

Des plaques coniques donnent leur forme aux capsules.

La navette *Zycon*

Vous pouvez construire certains modèles en version miniature. Cette version micro de la navette de l'équipe d'expédition (construite grandeur nature pages 48-49) reprend tous les détails et la forme du grand modèle.

Brique 1 x 2 avec plots et support latéraux.

Des drapeaux encastrés dans des plaques 1 x 1 à barre fixe symbolisent des ailes.

Une plaque à dents repose sur le dessus.

Une plaque 1 x 1 jaune transparent sur une plaque noire allonge le cockpit.

Une explosion contrôlée

Comme de nombreux micro-modèles, le secret de ce vaisseau tient à la pièce à plots latéraux qu'il renferme, comme le montre cette vue en détails.

Cockpit en pente 1 x 1 transparente.

Le chasseur *Onyx*

Faites un micro-vaisseau spatial aussi petit que possible mais reconnaissable. Les petites pièces d'angle vont être vraiment utiles !

LE CAÏMAN

Le *Caïman*

Tous les micro-modèles
ne sont pas microscopiques !
Même à petite échelle,
le vaisseau interstellaire reste
un modèle de taille, avec assez
de place pour plein de détails.

Des antennes satellites
2 x 2 et une plaque ronde
1 x 1 donnent des détails
aux surfaces.

Avec des pièces à plots
latéraux, construisez
la carlingue selon la
technique SNOT.

CAÏMAN AU
MARAUDEUR...
ÇA BOUCHONNE
PAR ICI.

VUE ARRIÈRE

LE MARAUDEUR

Le *Maraudeur*

Avec les bonnes pièces, vous pouvez construire des vaisseaux
spatiaux vraiment uniques, comme ce vaisseau d'allure
menaçante avec ses ailes acérées et ses doubles cockpits.

Section de cockpit
construite autour
de briques 1 x 1 avec
des plots sur tous les côtés.

Un joystick devient
une antenne géante.

PRENONS
LA VOIE LACTÉE !

Utilisez des
pentes 1 x 1 pour
donner des angles
à votre carlingue.

VUE ARRIÈRE

Des micro-bâtiments

Vous pouvez désormais utiliser vos briques pour créer un univers miniature pour vos micro-vaisseaux. Utilisez les mêmes techniques pour construire des tours, des rampes de lancement et d'autres sites spatiaux.

Les cinq côtés de la tour sont reliés par des charnières à pinces.

Une grande antenne est fixée sur le toit par un bras de robot.

Des plaques d'angle fixées sur la structure se replient pour former un cône.

VUE MAGNIFIQUE SUR LA NÉBULEUSE LEGO.

La tour de la ville spatiale

Ce micro-modèle réinterprète un immeuble moderne à la sauce science-fiction. Ses cinq côtés s'assemblent pour créer un gratte-ciel high-tech en forme de pentagone.

Tuiles 1 x 2 transparentes en guise de baies vitrées.

Des pentes constituent une vaste base.

VUE À PLAT

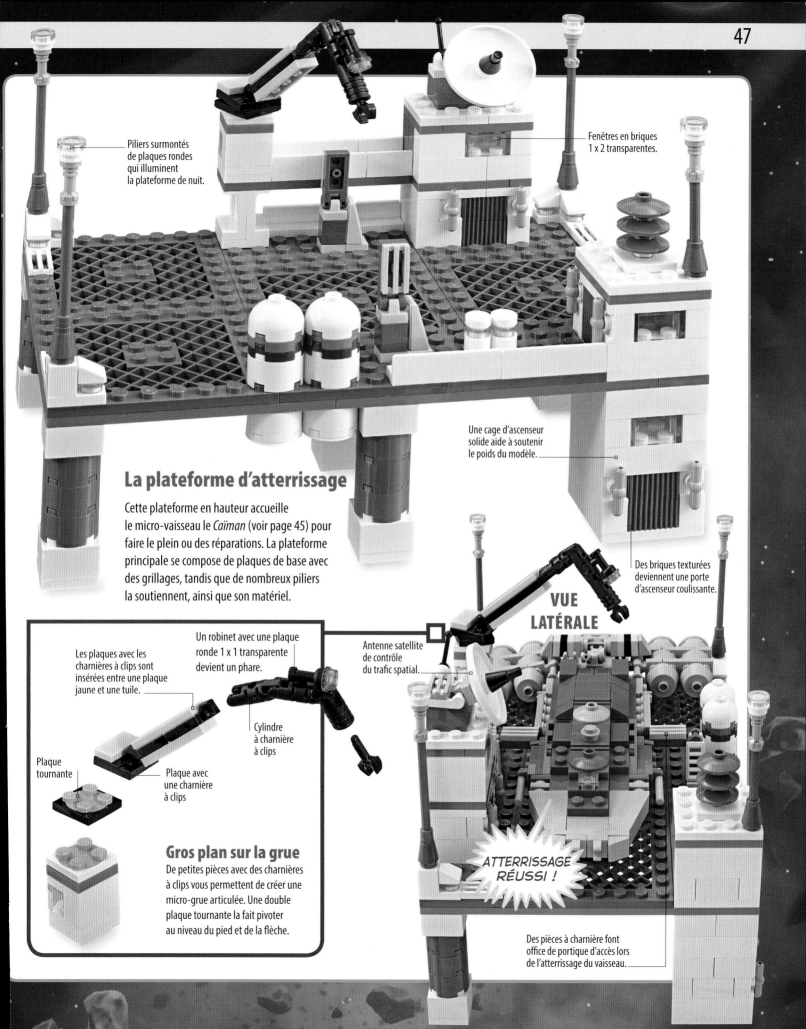

Piliers surmontés de plaques rondes qui illuminent la plateforme de nuit.

Fenêtres en briques 1 x 2 transparentes.

Une cage d'ascenseur solide aide à soutenir le poids du modèle.

Des briques texturées deviennent une porte d'ascenseur coulissante.

La plateforme d'atterrissage

Cette plateforme en hauteur accueille le micro-vaisseau le *Caïman* (voir page 45) pour faire le plein ou des réparations. La plateforme principale se compose de plaques de base avec des grillages, tandis que de nombreux piliers la soutiennent, ainsi que son matériel.

Les plaques avec les charnières à clips sont insérées entre une plaque jaune et une tuile.

Un robinet avec une plaque ronde 1 x 1 transparente devient un phare.

Antenne satellite de contrôle du trafic spatial.

VUE LATÉRALE

Plaque tournante

Cylindre à charnière à clips

Plaque avec une charnière à clips

Gros plan sur la grue

De petites pièces avec des charnières à clips vous permettent de créer une micro-grue articulée. Une double plaque tournante la fait pivoter au niveau du pied et de la flèche.

ATTERRISSAGE RÉUSSI !

Des pièces à charnière font office de portique d'accès lors de l'atterrissage du vaisseau.

La navette *Zycon*

Après des semaines de travail, la nouvelle colonie sur Volga est presque terminée. La navette *Zycon* doit retourner sur Terre pour y chercher les derniers équipements.

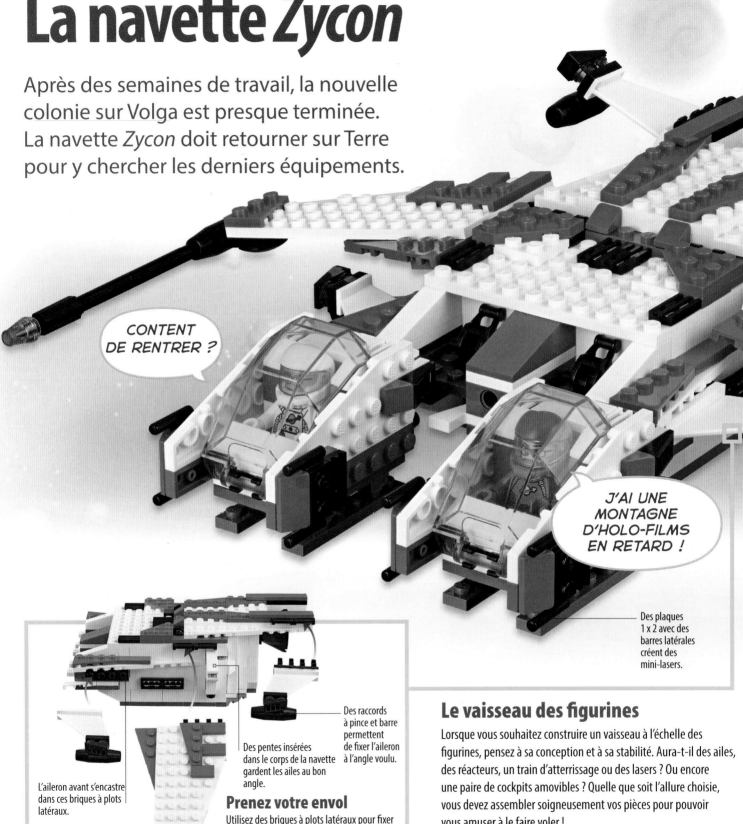

CONTENT DE RENTRER ?

J'AI UNE MONTAGNE D'HOLO-FILMS EN RETARD !

Des plaques 1 x 2 avec des barres latérales créent des mini-lasers.

L'aileron avant s'encastre dans ces briques à plots latéraux.

Des pentes insérées dans le corps de la navette gardent les ailes au bon angle.

Des raccords à pince et barre permettent de fixer l'aileron à l'angle voulu.

Prenez votre envol

Utilisez des briques à plots latéraux pour fixer des ailes saillantes, et des charnières à pince et barre pour des ailes coudées et des ailerons.

Le vaisseau des figurines

Lorsque vous souhaitez construire un vaisseau à l'échelle des figurines, pensez à sa conception et à sa stabilité. Aura-t-il des ailes, des réacteurs, un train d'atterrissage ou des lasers ? Ou encore une paire de cockpits amovibles ? Quelle que soit l'allure choisie, vous devez assembler soigneusement vos pièces pour pouvoir vous amuser à le faire voler !

Les options pour le pilote

Les deux cockpits se fixent dans les trous à l'avant du modèle. Grâce à un troisième trou au centre, vous pouvez éjecter un module de cockpit et piloter la navette avec un seul pilote.

Des grilles 1 x 2 ajoutent des détails techniques à la surface de la carlingue.

Un canon laser sur l'aile, fait avec un réacteur, un essieu en X LEGO Technic, un cylindre droit LEGO Technic et un cône transparent 1 x 1, maintenu au cylindre par une broche LEGO Technic.

Utilisez des plaques colorées pour créer des motifs décoratifs ou l'emblème de la flotte.

Une plaque à deux angles 3 x 4 empêche le cockpit de tourner lorsqu'il est fixé.

MODE SOLO ACTIVÉ.

Détails des capsules

Chaque capsule de cockpit est construite pour accueillir une figurine de pilote. Les côtés sont maintenus par des plots latéraux et une broche ronde LEGO Technic dépasse du dos.

Le pare-brise d'un hélicoptère LEGO se fixe à l'avant pour pouvoir s'ouvrir en grand.

Une broche LEGO Technic à l'arrière du cockpit s'encastre dans les briques 1 x 2 avec un trou.

Des cônes 1 x 1 donnent aux capsules des lanceurs pour qu'elles puissent voler seules.

Un grand cône symbolise le réacteur de la fusée.

Interaction intergalactique

Le corps de la navette est construit comme une boîte autour de la soute. Le haut et le bas du modèle pivotent sur des charnières : le robot élévateur et le robot d'entretien peuvent accéder à son précieux chargement.

VUE ARRIÈRE

Un essieu en X LEGO Technic forme une cale qui maintient la trappe ouverte.

Des patins d'atterrissage soutiennent le cockpit lorsque la navette est au sol.

L'arrière de la navette repose sur ces tuiles lisses lorsque la soute est fermée.

LA VILLE CONTEMPORAINE

Savez-vous ce que voit une urbaniste quand elle regarde une grande pile de briques ? Une ville actuelle, avec des appartements, des boutiques et des bureaux… Pour créer une grande ville, il faut des architectes, des ingénieurs et des ouvriers. Et surtout, beaucoup d'imagination pour concevoir des bâtiments incroyables et leur donner vie. Prêt à relever le défi ?

Un bâtiment de base

C'EST PARTI !

L'urbaniste commence la construction de sa ville par un bâtiment modulaire. En suivant les mêmes étapes de base, mais en changeant les couleurs et les détails, vous pouvez assembler plusieurs immeubles qui formeront tout un pâté de maisons.

Placez toujours ces briques à trous ronds au même endroit.

Si vous n'avez pas ces plaques 1 x 4 spéciales à deux plots, remplacez-les par une tuile 1 x 2 lisse avec une plaque 1 x 1 à plots à chaque extrémité.

1 Pour commencer

Sur une grande plaque de base rectangulaire ou plusieurs petites, fermez trois côtés par un mur, en laissant la plaque ouverte sur la longueur. Insérez quatre briques 1 x 2 avec des trous latéraux, comme ci-contre.

2 Construisez les murs

Construisez les trois murs jusqu'à atteindre six briques de haut, en couronnant le côté ouvert d'une longue brique. Ajoutez une strate de tuiles lisses, avec seulement quatre plots apparents.

Cette fenêtre est à deux briques de la plaque de base et s'encastre dans un espace de quatre plots de large et trois briques de haut

Utilisez une porte LEGO, ou laissez un espace vide.

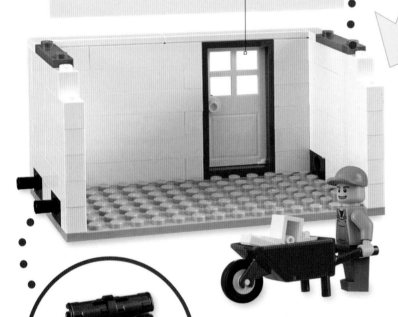

Vous pouvez assembler deux immeubles en insérant des broches LEGO® Technic dans des trous ronds.

3 Un second module

Construisez à présent un nouveau module identique au premier... mais à la place de la porte, ajoutez une fenêtre dans le mur à l'avant.

Ajoutez d'autres étages, ou surmontez le dernier module d'une plaque qui fera office de toit.

4 Le bâtiment terminé

Avec deux modules, vous avez assemblé un bel immeuble à un étage. Préférez-vous qu'il soit plus haut ? Continuez à construire des modules et à les empiler. Vous pouvez aussi créer des immeubles plus longs, en assemblant les modules côte à côte.

JE CROIS QU'ON A OUBLIÉ QUELQUE CHOSE... L'ESCALIER !

Les murs en briques les plus résistants sont construits en quinconce, comme les vraies maisons.

Une plaque ronde 1 x 1 fait un excellent bouton de porte.

OUPS.

Laissez un trou en forme de porte dans ces murs adjacents pour que vos figurines puissent passer d'une pièce à l'autre.

Assemblez les modules sur le côté en encastrant des broches LEGO Technic dans les trous ronds au pied des murs.

CÔTE À CÔTE

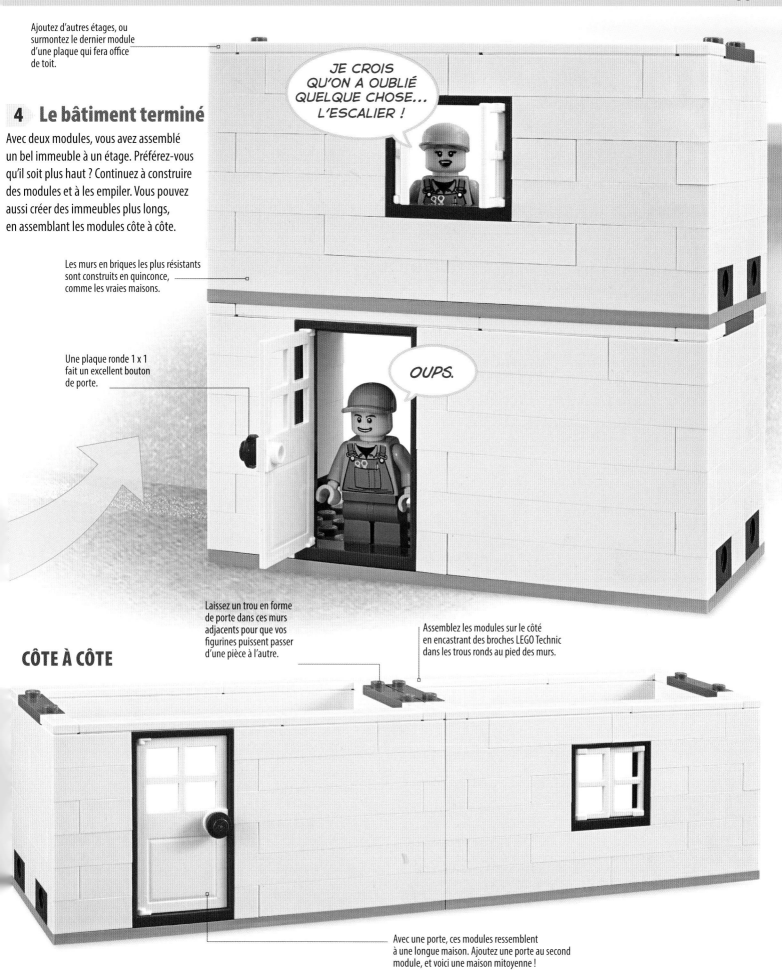

Avec une porte, ces modules ressemblent à une longue maison. Ajoutez une porte au second module, et voici une maison mitoyenne !

Des bâtiments modulaires

En empilant des modules, on crée des immeubles de bureaux et d'autres gratte-ciel dans toute la ville.

ET ENSUITE ?

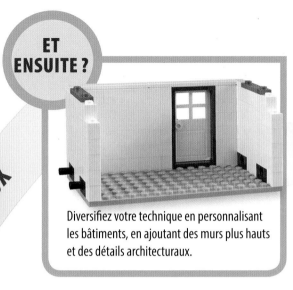

Diversifiez votre technique en personnalisant les bâtiments, en ajoutant des murs plus hauts et des détails architecturaux.

LES BUREAUX

AU SOMMET, ON EST TOUJOURS UN PEU SEUL.

Avec des modules, vous pourrez ajouter des étages lorsque l'entreprise s'agrandira.

Avec ces panneaux 1 x 6 x 5, construisez rapidement de grands pans de mur.

Au rez-de-chaussée, un renfoncement laisse de la place pour des jardinières devant la réception.

Le directeur de l'entreprise a le dernier étage pour lui tout seul.

VINCENT OUBLIE TOUJOURS LE SUCRE.

Un immeuble de bureaux

Cet immeuble de bureaux moderne a une allure nette, professionnelle. De l'extérieur, ses modules semblent identiques, mais à l'intérieur, chacun possède son propre rôle pour que l'entreprise fonctionne sans accroc.

VUE ARRIÈRE

Vous trouverez plus de détails sur certains de ces meubles pages 64-67.

LA BIBLIOTHÈQUE

Cette bibliothèque fait trois modules de haut avec une section supplémentaire pour le toit. Comme une vraie bibliothèque, elle comporte un guichet, une salle d'étude et d'innombrables livres à emprunter.

Gardez l'œil sur l'heure avec une horloge ronde 2 x 2 imprimée fixée aux briques par des plots latéraux.

LA BIBLIOTHÈQUE

Utilisez des pentes de différentes hauteurs et couleurs pour créer un toit pointu.

L'alternance de strates de briques normales et texturées, par exemple des bûches, attire l'œil.

Les livres LEGO ne sont pas fixés aux plots : construisez des étagères pour les poser.

VOYONS LES NOUVELLES DU JOUR.

Les fenêtres sont encadrées de pentes normales et inversées 2 x 2 pour donner l'illusion de saillies.

Un pistolet laser terminé d'une tuile 1 x 1 rouge transparent se transforme en scanner pour les livres.

VUE ARRIÈRE

Les bâtiments de la ville

ET ENSUITE ?

Alors que la métropole de l'urbaniste s'étend, de nouvelles formes architecturales voient le jour. En partant des mêmes modules de base, chaque bâtiment devient unique en variant les couleurs, les détails et les pièces.

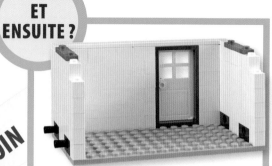

En variant les combinaisons, vous obtiendrez de nombreuses formes et des immeubles plus complexes.

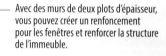

LA BOUTIQUE DU COIN

Les stores rayés sont des demi-arches incurvées avec des tuiles 1 x 1 de la même couleur.

Ajoutez un petit store au mur avec une plaque de quatre plots de large.

Une plaque d'angle compose le centre du toit.

Avec des murs de deux plots d'épaisseur, vous pouvez créer un renfoncement pour les fenêtres et renforcer la structure de l'immeuble.

La boutique du coin

Placez deux modules à angle droit, et voici une jolie petite boutique d'angle. Avec la porte au milieu et les deux côtés assortis, on dirait que ce magasin est construit d'un seul tenant.

Utilisez des tuiles pour symboliser un carrelage lisse sous la porte.

Des plaques avec des rails sous les fenêtres simulent des rebords étroits.

Les jardinières sont des petits panneaux muraux fixés sur des plaques à barre fixe.

Construisez un trottoir avec de grandes tuiles.

L'hôpital

Associez plusieurs modules pour obtenir
un bâtiment original. Un hôpital moderne possède
différentes ailes : chacune peut être symbolisée
par un module avec une taille et un style uniques.

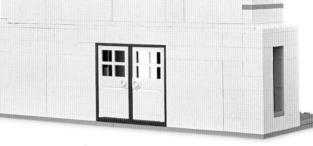

Une fenêtre à l'arrière rend
l'intérieur plus lumineux.

L'HÔPITAL

VUE ARRIÈRE

Le dernier étage, plus petit,
compte un plot de moins
que le rez-de-chaussée.

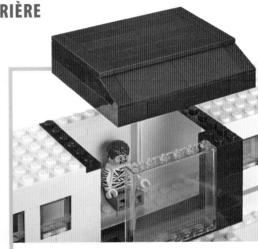

DES OS ? J'AI
TOUJOURS CRU
AVOIR UN GRAND
VIDE EN MOI !

Une fenêtre en vedette
La section rouge est le point de mire architectural
de l'immeuble. Des pentes normales et inversées contribuent
à créer un imposant module au dernier étage.

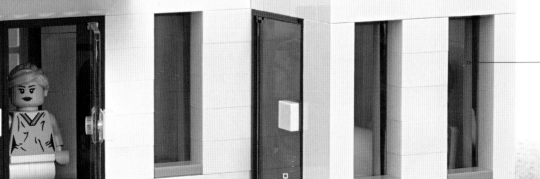

Des fenêtres hautes
et étoites allongent
et donnent de la prestance
à un immeuble.

Les patients peuvent arriver en
voiture, à pied ou en ambulance :
créez plusieurs entrées.

Le musée

Ce beau musée montre comment vous pouvez embellir un immeuble banal à l'aide de détails architecturaux intéressants. Fouillez dans votre collection pour y dénicher des pièces aux formes et aux finitions spéciales.

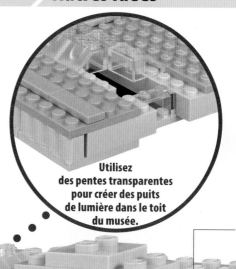

Utilisez des pentes transparentes pour créer des puits de lumière dans le toit du musée.

Les bas-reliefs sont en plaques rondes 1 x 1, briques et cô...

Des plaques avec des rails donnent plus de détails.

Empilez des briques texturées 1 x 2 pour former ces colonnes carrées.

Des plaques dentées décorent les colonnes.

J'ADORE LES VIEILLES BRIQUES.

Une architecture classique

Bon nombre des détails de cet immeuble grandiose s'inspirent de l'architecture classique gréco-romaine : les colonnes à l'avant, le portique au-dessus de l'entrée en briques rondes et en cônes et la balustrade à l'avant.

Ajoutez une tuile ronde pour les boutons de porte.

Des pentes et des tuiles brillantes deviennent des marches en marbre blanc.

L'arche des fenêtres ajoute une touche d'élégance classique.

La fenêtre avec un dragon provient d'un ensemble LEGO® NINJAGO™.

Colonnes de portique en briques rondes 2 x 2 texturées.

**VUE
DE NUIT**

Les trésors du passé

Votre musée sera encore plus complet si on aperçoit des pièces de collection par les fenêtres. Créez des mini-collections à l'intérieur !

Fixez des accessoires de figurines historiques au mur avec des briques à plots latéraux.

Utilisez des briques transparentes 1 x 2 en guise de vitrines.

Ce mur bas se compose de plaques 1 x 10, de cônes 1 x 1, de plaques rondes 1 x 1, le tout surmonté d'une strate de tuiles lisses.

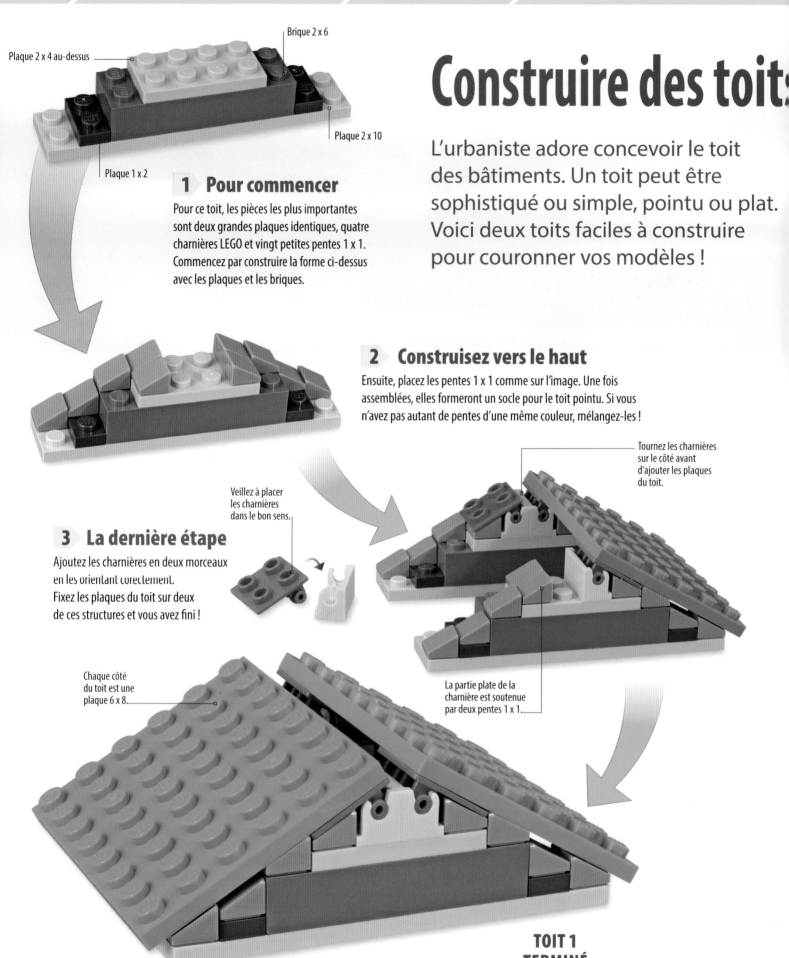

Plaque 2 x 4 au-dessus

Brique 2 x 6

Plaque 2 x 10

Plaque 1 x 2

Construire des toit:

L'urbaniste adore concevoir le toit des bâtiments. Un toit peut être sophistiqué ou simple, pointu ou plat. Voici deux toits faciles à construire pour couronner vos modèles !

1 Pour commencer

Pour ce toit, les pièces les plus importantes sont deux grandes plaques identiques, quatre charnières LEGO et vingt petites pentes 1 x 1. Commencez par construire la forme ci-dessus avec les plaques et les briques.

2 Construisez vers le haut

Ensuite, placez les pentes 1 x 1 comme sur l'image. Une fois assemblées, elles formeront un socle pour le toit pointu. Si vous n'avez pas autant de pentes d'une même couleur, mélangez-les !

Tournez les charnières sur le côté avant d'ajouter les plaques du toit.

Veillez à placer les charnières dans le bon sens.

3 La dernière étape

Ajoutez les charnières en deux morceaux en les orientant corectement. Fixez les plaques du toit sur deux de ces structures et vous avez fini !

Chaque côté du toit est une plaque 6 x 8.

La partie plate de la charnière est soutenue par deux pentes 1 x 1.

**TOIT 1
TERMINÉ**

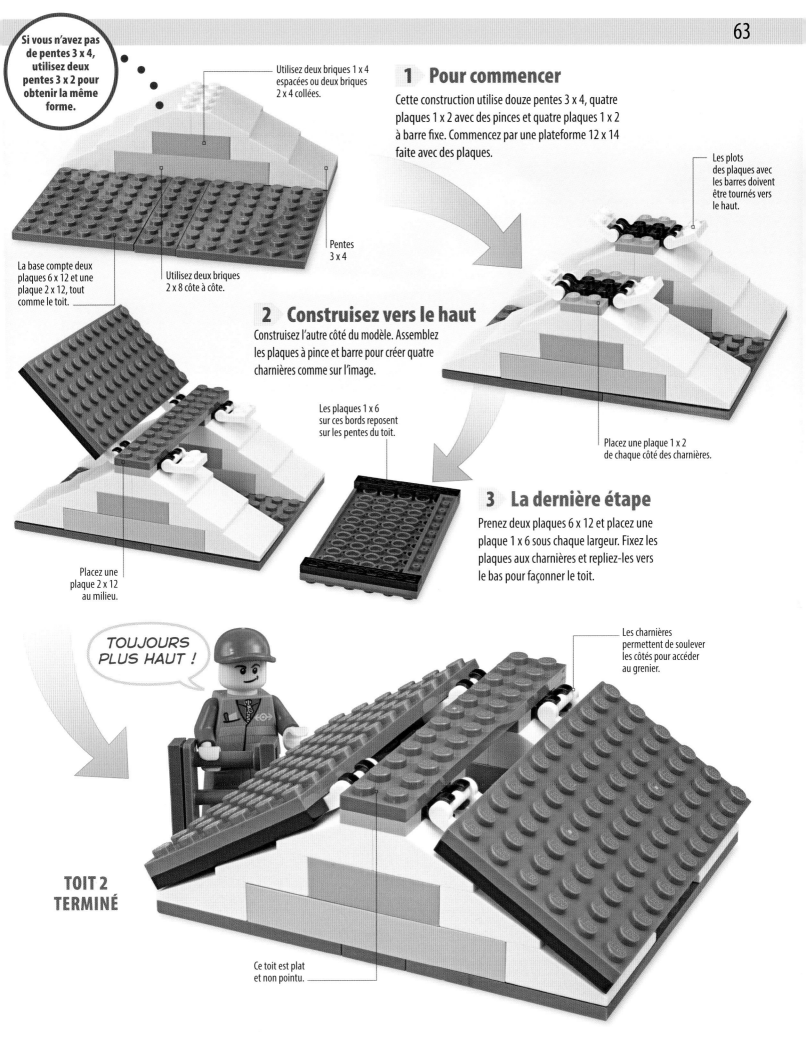

Si vous n'avez pas de pentes 3 x 4, utilisez deux pentes 3 x 2 pour obtenir la même forme.

Utilisez deux briques 1 x 4 espacées ou deux briques 2 x 4 collées.

1 Pour commencer

Cette construction utilise douze pentes 3 x 4, quatre plaques 1 x 2 avec des pinces et quatre plaques 1 x 2 à barre fixe. Commencez par une plateforme 12 x 14 faite avec des plaques.

Les plots des plaques avec les barres doivent être tournés vers le haut.

La base compte deux plaques 6 x 12 et une plaque 2 x 12, tout comme le toit.

Utilisez deux briques 2 x 8 côte à côte.

Pentes 3 x 4

2 Construisez vers le haut

Construisez l'autre côté du modèle. Assemblez les plaques à pince et barre pour créer quatre charnières comme sur l'image.

Les plaques 1 x 6 sur ces bords reposent sur les pentes du toit.

Placez une plaque 1 x 2 de chaque côté des charnières.

3 La dernière étape

Prenez deux plaques 6 x 12 et placez une plaque 1 x 6 sous chaque largeur. Fixez les plaques aux charnières et repliez-les vers le bas pour façonner le toit.

Placez une plaque 2 x 12 au milieu.

TOUJOURS PLUS HAUT !

Les charnières permettent de soulever les côtés pour accéder au grenier.

TOIT 2 TERMINÉ

Ce toit est plat et non pointu.

Galerie de tables et de chaises

Sans chaises, nous serions obligés de rester debout tout le temps… et sans table, il serait vraiment difficile de manger ! Construisez des meubles pour faciliter la vie de vos habitants.

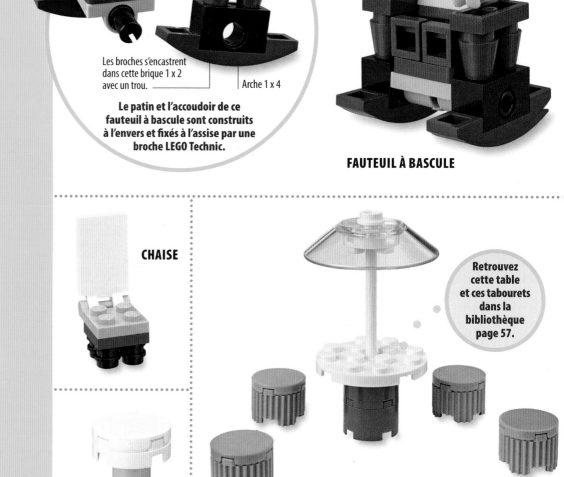

Accoudoir en plaque 1 x 2

Les broches s'encastrent dans cette brique 1 x 2 avec un trou.

Arche 1 x 4

Le patin et l'accoudoir de ce fauteuil à bascule sont construits à l'envers et fixés à l'assise par une broche LEGO Technic.

MON CŒUR BALANCE POUR CE FAUTEUIL.

FAUTEUIL À BASCULE

CHAISE

TABOURET

Retrouvez cette table et ces tabourets dans la bibliothèque page 57.

TABLE ET TABOURETS DE CAFÉ

ENFIN UN MOMENT TRANQUILLE.

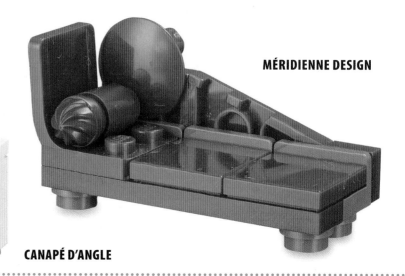

MÉRIDIENNE DESIGN

CANAPÉ D'ANGLE

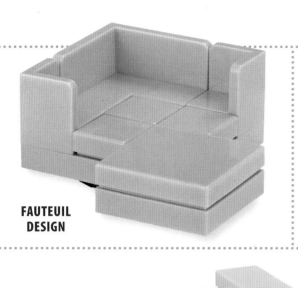

FAUTEUIL DESIGN

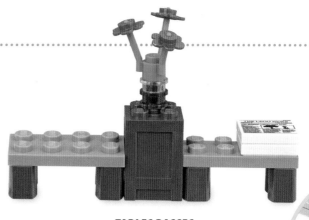

TABLES BASSES

MÉRIDIENNE

CANAPÉ

Brique 1 x 1 avec un trou.

Les accoudoirs de ce canapé sont des cylindres à charnière LEGO Technic fixés à des briques 1 x 1 avec des broches LEGO Technic.

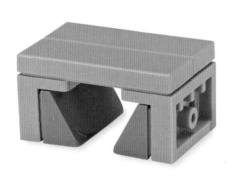

BOUTS DE CANAPÉ

MAMAN DIT TOUJOURS QU'IL FAUT SAUTER SUR L'OCCASION.

HÉ HÉ HÉ !

Demi-arche incurvée tournée vers l'avant.

Quatre demi-arches incurvées 1 x 2 forment les accoudoirs et le dossier de ce canapé.

CANAPÉ MODERNE

CANAPÉ CONFORTABLE

Galerie de meubles

Voici une galerie d'objets courants ou originaux que vous pourrez trouver dans la ville. Utilisez ces petites constructions détaillées pour donner de la vie à vos intérieurs.

> *VOICI UN EXCELLENT LIVRE !*

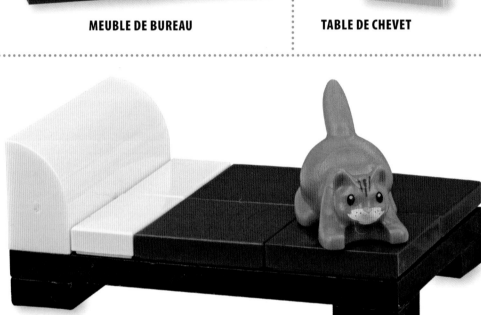

MEUBLE DE BUREAU

TABLE DE CHEVET

LIT

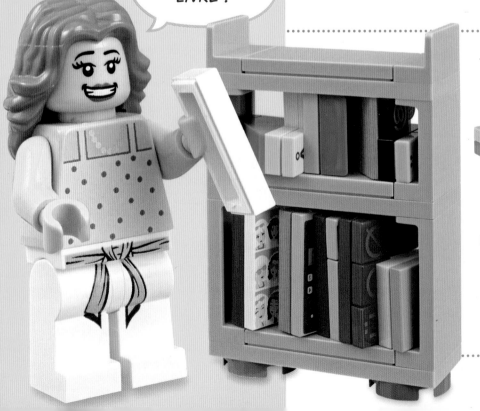

PORTE-REVUES

ÉTAGÈRE

PETITE ÉTAGÈRE

AMPOULES COLORÉES

LAMPE DE BUREAU

LAMPE SOLAIRE

LAMPE RÉGLABLE

Retrouvez certains de ces modèles dans les bâtiments pages 56-57.

JE T'ÉCHANGE DES DOSSIERS CONTRE UN CROISSANT.

BUREAUX ET SIÈGES

FONTAINES À EAU

TÉLÉ À ÉCRAN PLAT

En ville

Quels autres éléments pouvez-vous construire pour que vos figurines se promènent en ville ? Voici quelques repères que vous trouverez dans toutes les grandes villes.

Le distributeur de billets

Vos habitants ont besoin d'argent immédiatement ? Placez un distributeur de billets contre un immeuble, ou nichez-le directement dans le mur.

Ce panneau est maintenu par une plaque d'angle, mais n'importe quelle pièce à plots latéraux fera l'affaire.

Les garages à vélos

Comment garer un vélo LEGO sans encombrer le trottoir ? Ces deux garages créatifs sont la solution.

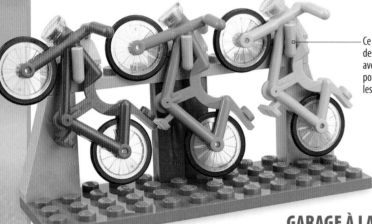

Ce garage utilise des plaques 1 x 2 avec des crochets pour suspendre les vélos à la suite.

GARAGE À LA SUITE

Une pente 2 x 2 avec un autocollant simule un clavier.

Une plaque 1 x 2 avec un rail empêche le receveur à billets de se coincer.

Ce phare est comblé par une plaque 1 x 1.

Cette version utilise des barres coudées encastrées dans des briques à plots latéraux pour installer les vélos côte à côte.

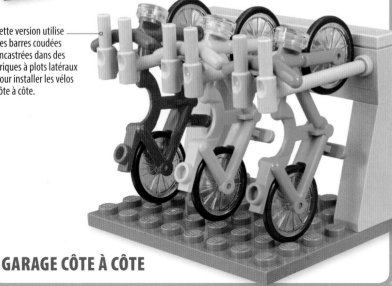

GARAGE CÔTE À CÔTE

La borne d'incendie

Pour construire une borne d'incendie, il vous faut simplement une brique ronde 1 x 1, des plaques rondes 1 x 1 et une brique 1 x 1 avec au moins un plot.

Une plaque 1 x 1 avec une pince maintient le téléphone sur son combiné.

Les détails du téléphone s'encastrent dans les plots SNOT d'une équerre fixée à l'arrière du modèle.

Cette cabine téléphonique a une porte pour plus de confidentialité.

Les « boutons » de la cabine sont une seule plaque 1 x 2 imprimée.

... MAIS OÙ SONT LES APPLIS ?

C'EST COMME ÇA QU'ON SE TÉLÉPHONAIT AVANT, TOM.

Des fenêtres 1 x 2 x 3 installées au milieu laissent assez d'espace pour un bras de figurine.

Les cabines téléphoniques

Avant l'ère des téléphones mobiles, c'est grâce à elles que les personnes s'appelaient quand elles étaient de sortie. Une cabine téléphonique donnera de la couleur à votre rue. Voici deux exemples.

Des pentes à la base soutiennent le sommet, plus large.

PETITE CABINE

CABINE

Le théâtre de marionnettes

Un théâtre de marionnettes fera rire les enfants. Les marionnettes sont des têtes de figurine fichées dans des missiles !

Arrière de briques 1 x 1 à plots latéraux.

AAAAH !

GRRRRR.

Des cornes encastrées dans des briques à plots latéraux creux tiennent le rideau, qui est en fait une cape de figurine.

La base est une boîte à trois parois faite de plaques et de briques rondes 1 x 1.

Tournez les jambes des figurines pour les agenouiller.

VUE ARRIÈRE

PAS DE TEMPS À PERDRE !

C'EST PARTI !

Les roues sont fixées à des plaques 2 x 4 avec des broches LEGO Technic intégrées.

Construire une voiture

Après avoir construit sa ville, l'urbanis doit créer des véhicules pour que ses habitants puissent se déplacer facilemer Commencez par un 4 x 4 qui peut roule sans problème sur toutes les routes.

1 Le châssis

Pour une voiture résistante, il faut un châssis résistant. Choisissez deux longues plaques et quatre roues solides à fixer dessus. Vous construisez un 4 x 4 : les pneus doivent avoir des sculptures profondes.

2 La structure interne

Ensuite, assemblez la structure de la voiture. Protégez les pneus avec des garde-boue, et utilisez la technique SNOT pour fixer les pare-chocs et les phares de chaque côté.

Laissez assez d'espace pour qu'une figurine puisse s'asseoir au volant.

Vous avez besoin d'aide pour les pare-chocs ? Rendez-vous pages 74 -75.

Cette tuile de toit inversée 1 x 6 x 1 est parfaite entre les roues et autour des garde-boue.

Utilisez une plaque d'angle pour que l'avant aille en pointe.

C'est le bon moment pour tester votre chauffeur.

3 Tout prend forme

Réfléchissez à la forme et aux couleurs de la voiture. Les pièces avec un angle éviteront de lui donner un air trop trapu. Il est crucial de verrouiller les garde-boue pour qu'ils ne se détachent pas.

Une plaque noire entre deux plaques jaunes crée une bande colorée sur l'aile.

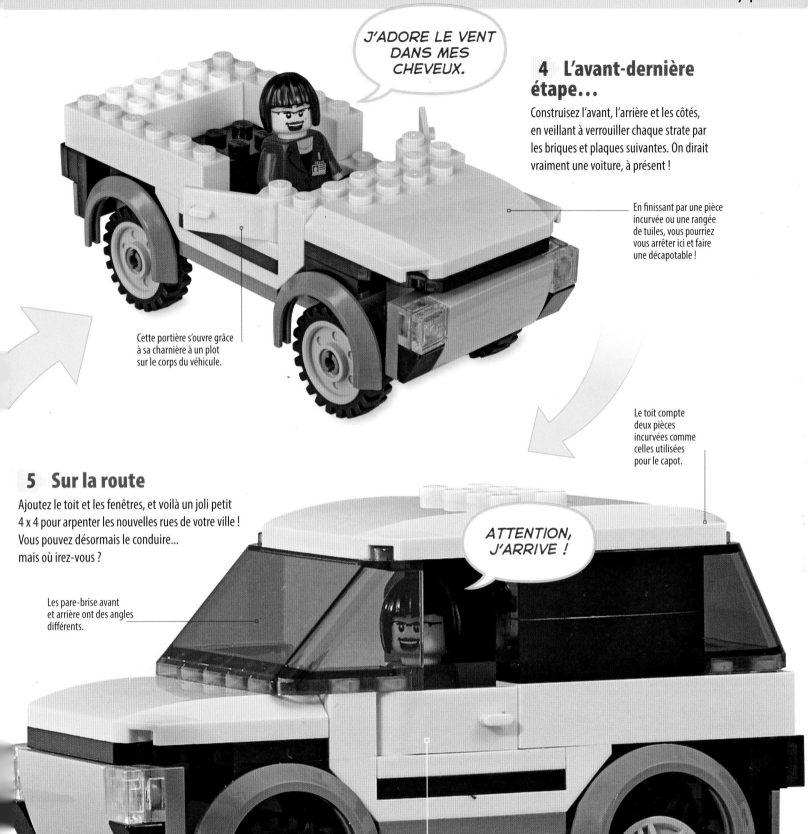

J'ADORE LE VENT DANS MES CHEVEUX.

4 L'avant-dernière étape...

Construisez l'avant, l'arrière et les côtés, en veillant à verrouiller chaque strate par les briques et plaques suivantes. On dirait vraiment une voiture, à présent !

En finissant par une pièce incurvée ou une rangée de tuiles, vous pourriez vous arrêter ici et faire une décapotable !

Cette portière s'ouvre grâce à sa charnière à un plot sur le corps du véhicule.

Le toit compte deux pièces incurvées comme celles utilisées pour le capot.

5 Sur la route

Ajoutez le toit et les fenêtres, et voilà un joli petit 4 x 4 pour arpenter les nouvelles rues de votre ville ! Vous pouvez désormais le conduire... mais où irez-vous ?

Les pare-brise avant et arrière ont des angles différents.

ATTENTION, J'ARRIVE !

La porte est solidement fixée en haut et en bas.

Les véhicules en ville

De quels véhicules votre ville a-t-elle besoin ?
D'une ambulance pour l'hôpital (pages 58-59)
ou d'un scooter pour aider les habitants
à circuler ? Vous pourriez aussi construire
un vélo-taxi pour ceux qui n'aiment pas
pédaler.

ET ENSUITE ?

Commencez par un cadre de base, à partir
de plaques et de roues libres. Il ne vous reste
plus qu'à choisir votre destination.

L'AMBULANCE

Des plaques colorées
transparentes simulent
des gyrophares.

L'ambulance

Lorsque vos habitants se sentent mal,
l'ambulance est toujours prête à les emmener
à toute vitesse à l'hôpital. À l'intérieur, laissez assez
d'espace pour le patient et le matériel médical.

Le rouge et le blanc sont
les couleurs traditionnelles
des ambulances.

VUE DEPUIS L'AVANT

Le rétroviseur est
une pente 1 x 1 fixée
à une plaque avec
un anneau horizontal.

Les phares avant
et arrière sont
des plaques 1 x 1
construites
directement
dans le véhicule.

HA 3221

VOUS ALLEZ VITE VOUS REMETTRE !

LE SCOOTER

Le scooter

Les voitures ne sont pas les seules à circuler en ville. Un scooter à trois roues offre une façon amusante de contourner les bouchons. La roue avant de ce modèle est le train d'atterrissage d'un avion !

Avec leurs minuscules bosses, les charnières à clips sont idéales pour créer des angles et des articulations dans les petits modèles légers.

Les poignées sont fixées à une plaque 1 x 1 surmontée d'une pince.

Toit en demi-arches.

LE VÉLO-TAXI

Le vélo-taxi

En retard pour un rendez-vous ? Hélez un vélo-taxi pour un trajet écologique en ville. Vous aurez besoin d'un vélo LEGO pour commencer, mais le reste est très simple à construire.

Une plaque 1 x 1 avec une pince relie le plot à l'arrière du vélo à une plaque 1 x 2 avec un crochet sur la remorque.

Le vélo et la remorque doivent être au même niveau pour un trajet en douceur.

Une plaque avec un rail latéral permet de soulever le toit.

Des tuiles rondes 1 x 1 transparentes font une rangée de gyrophares au-dessus de la portière arrière.

Une porte à charnière s'ouvre en grand.

Sur les tuiles 1 x 1 imprimées, les médecins surveillent les signes vitaux du patient.

Les instruments médicaux sont tenus par une pince.

Laissez assez de place pour que la civière puisse glisser sans heurter les bords.

Le pare-chocs arrière est construit sur une plaque d'angle 1 x 2/2 x 2.

HA 3221

VUE INTÉRIEURE

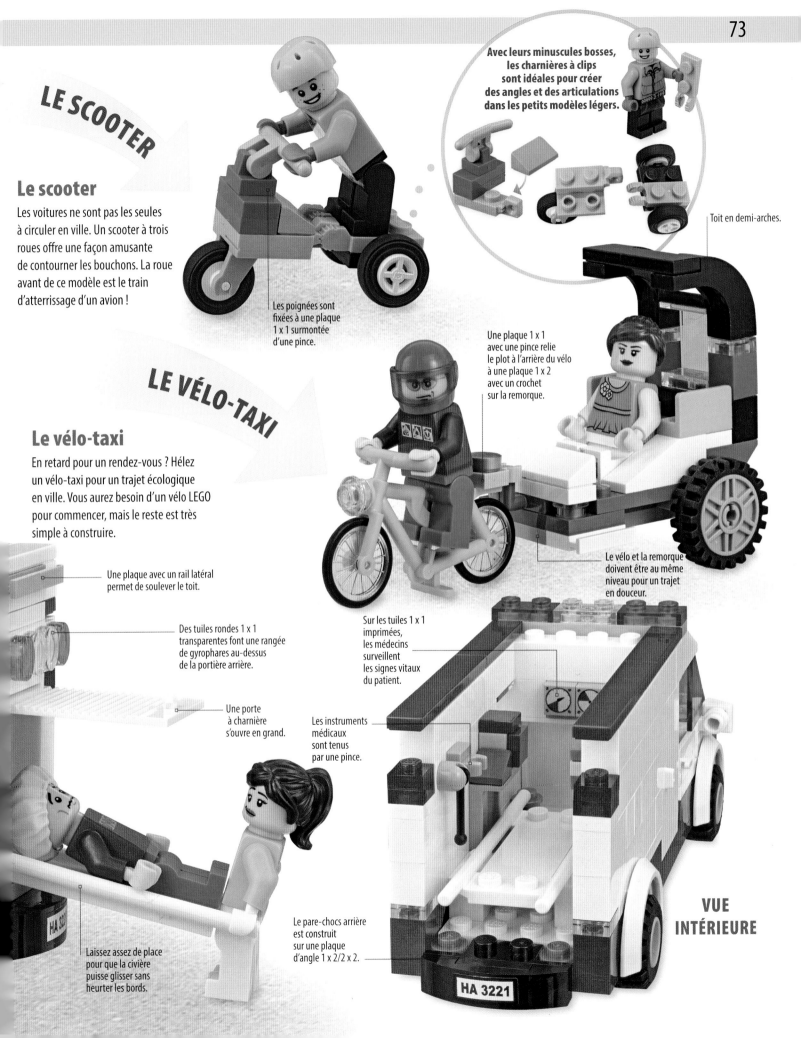

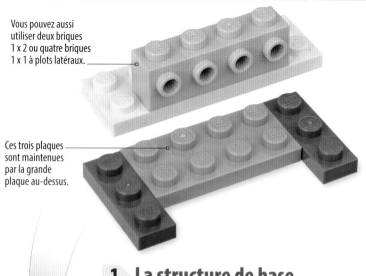

Vous pouvez aussi utiliser deux briques 1 x 2 ou quatre briques 1 x 1 à plots latéraux.

Ces trois plaques sont maintenues par la grande plaque au-dessus.

Les pare-chocs

Incroyable mais vrai : les pare-chocs sont souvent la partie la plus difficile d'un véhicule. Avec ces techniques, vous pourrez construire de beaux pare-chocs tout en détails.

1 La structure de base

Commencez par placer une brique 1 x 4 à plots latéraux sur une plaque 2 x 6 aux plots tournés vers le haut. Ajoutez une sous-couche faite d'une plaque 2 x 4 et de deux plaques 1 x 3.

Fixez deux grilles 1 x 2 LEGO à une plaque 1 x 4.

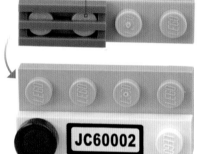

2 Construisez les détails

L'avant du pare-chocs repose sur une plaque 2 x 4. Assemblez une grille pour la moitié supérieure, et un espace pour la plaque d'immatriculation et des phares dans la moitié inférieure.

Ce plot qui dépasse accueillera un phare.

3 Assemblez le tout

Créez des phares en empilant trois plaques transparentes 1 x 1 et une tuile 1 x 1. Fixez-les sur les côtés. Enfin, reliez l'avant à la brique à plot latéral pour terminer le pare-chocs.

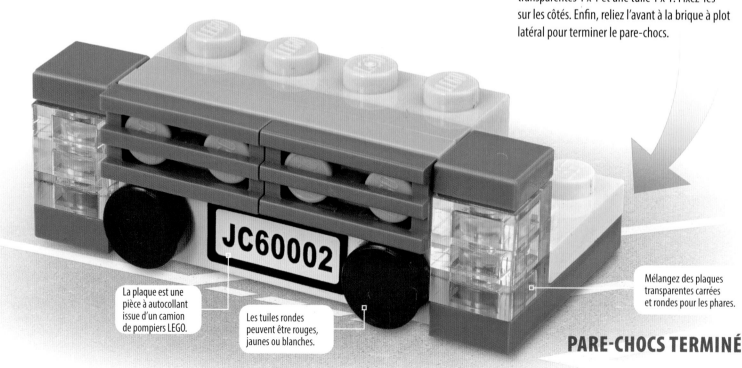

La plaque est une pièce à autocollant issue d'un camion de pompiers LEGO.

Les tuiles rondes peuvent être rouges, jaunes ou blanches.

Mélangez des plaques transparentes carrées et rondes pour les phares.

PARE-CHOCS TERMINÉ

AUTRES PARE-CHOCS

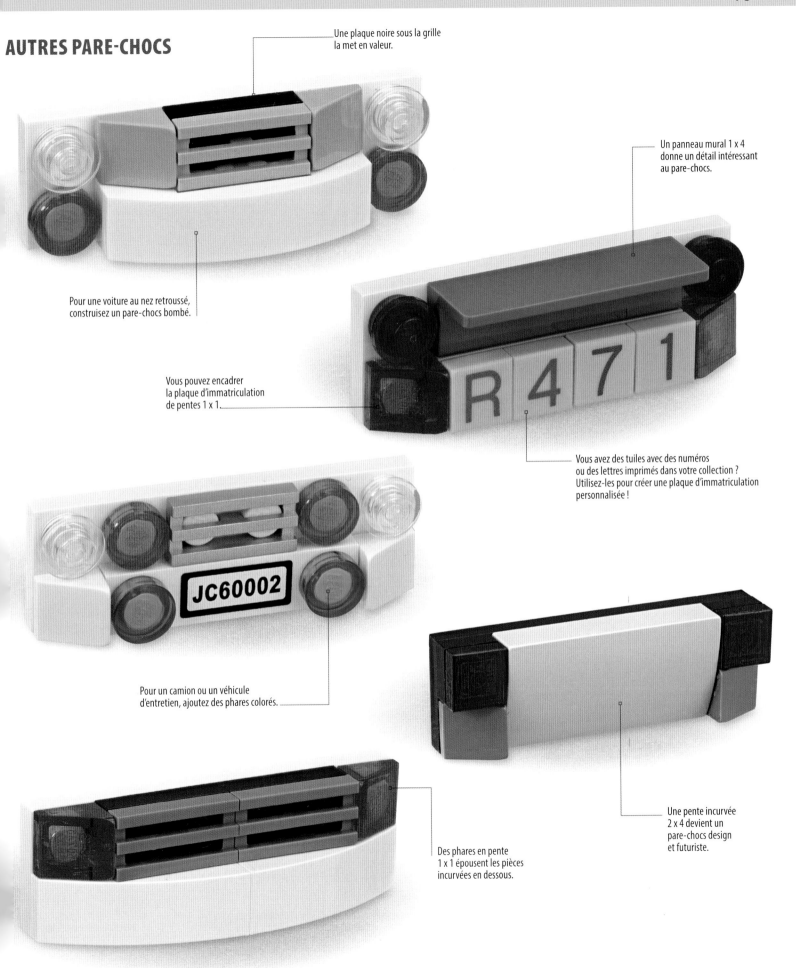

Une plaque noire sous la grille la met en valeur.

Un panneau mural 1 x 4 donne un détail intéressant au pare-chocs.

Pour une voiture au nez retroussé, construisez un pare-chocs bombé.

Vous pouvez encadrer la plaque d'immatriculation de pentes 1 x 1.

Vous avez des tuiles avec des numéros ou des lettres imprimés dans votre collection ? Utilisez-les pour créer une plaque d'immatriculation personnalisée !

Pour un camion ou un véhicule d'entretien, ajoutez des phares colorés.

Une pente incurvée 2 x 4 devient un pare-chocs design et futuriste.

Des phares en pente 1 x 1 épousent les pièces incurvées en dessous.

Galerie de feux et de panneaux

De quoi un réseau routier a-t-il besoin? Construisez des feux de circulation, des panneaux et d'autres accessoires pour que les véhicules circulent parfaitement dans votre ville.

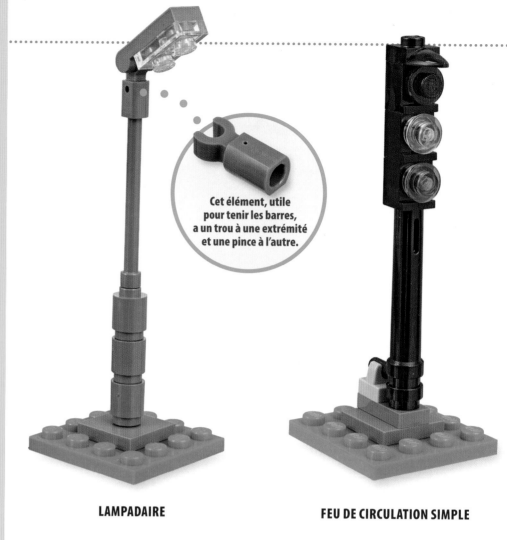

Cet élément, utile pour tenir les barres, a un trou à une extrémité et une pince à l'autre.

LAMPADAIRE

FEU DE CIRCULATION SIMPLE

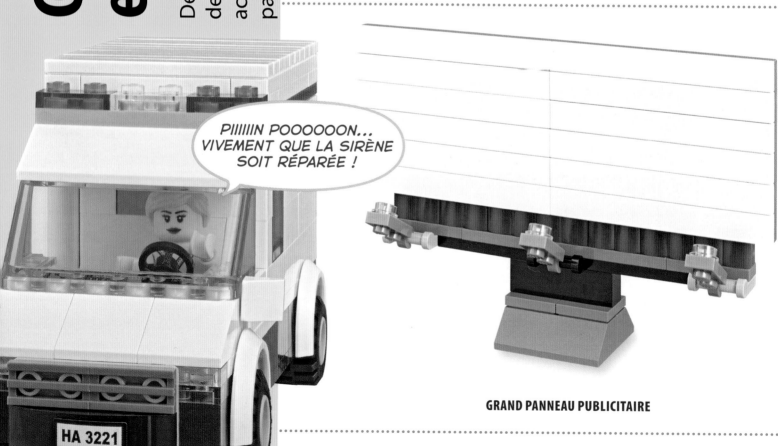

PIIIIIN POOOOOON... VIVEMENT QUE LA SIRÈNE SOIT RÉPARÉE !

HA 3221

GRAND PANNEAU PUBLICITAIRE

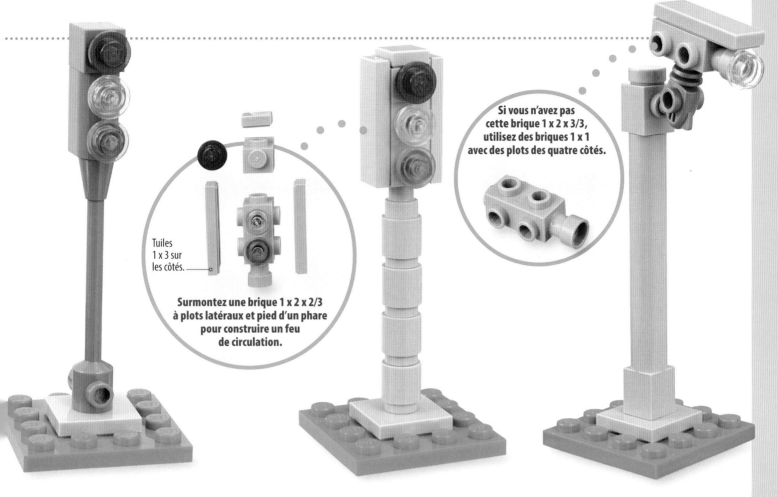

Tuiles
1 x 3 sur
les côtés.

Surmontez une brique 1 x 2 x 2/3 à plots latéraux et pied d'un phare pour construire un feu de circulation.

Si vous n'avez pas cette brique 1 x 2 x 3/3, utilisez des briques 1 x 1 avec des plots des quatre côtés.

FEU DE CIRCULATION SIMPLE

FEU DE CIRCULATION COMPLEXE

CAMÉRA DE SURVEILLANCE

PETIT PANNEAU PUBLICITAIRE

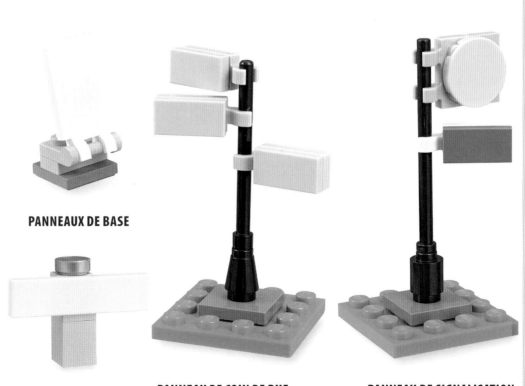

PANNEAUX DE BASE

PANNEAU DE COIN DE RUE

PANNEAU DE SIGNALISATION

Le champ du fermier

Avec le réseau routier désormais achevé,
l'urbaniste se promène dans la campagne
pour découvrir les alentours de sa ville.
L'une des premières personnes qu'elle
rencontre est un fermier qui laboure
son champ.

> *C'EST DIFFICILE,
> MAIS IL FAUT BIEN QUE
> QUELQU'UN LE FASSE !*

C'EST PARTI !

Si vous n'avez pas de grande
plaque de base, fixez plusieurs
petites plaques côte à côte avec
des plaques et des tuiles.

Cette rangée de tuiles
est importante pour ajouter
la haie par la suite.

1 Les graines d'une construction

Commencez votre champ par une grande plaque de base.
Sur deux côtés, placez des plaques marron le long
de la rangée de plots extérieure, et des tuiles lisses
sur la rangée suivante.

2 Retournez la terre

Couvrez une partie du champ de plaques
marron pour symboliser la terre fraîchement
retournée. Surmontez-les de longues plaques
étroites pour créer des sillons où le fermier
plantera ses graines.

Utilisez des plaques marron
ou beiges pour la partie encore
intacte du champ.

La plupart des rangées s'arrêtent
un plot avant la ligne de tuiles.

3 Plantez une haie

Couvrez entièrement la plaque de base
avant d'utiliser des pièces SNOT pour
ériger une grande haie sur deux côtés
du champ. Donnez-lui un air
broussailleux !

Des feuilles
sont assemblées
aux plaques.

Le champ est maintenant
presque entièrement
recouvert de « terre ».

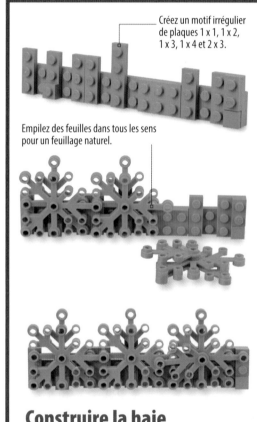

Créez un motif irrégulier
de plaques 1 x 1, 1 x 2,
1 x 3, 1 x 4 et 2 x 3.

Empilez des feuilles dans tous les sens
pour un feuillage naturel.

Construire la haie

Commencez la haie par une longue plaque verte
de deux plots de large. Ajoutez des petites plaques
à des hauteurs différentes pour créer une végétation
naturelle. Si vous avez des feuilles, utilisez-les aussi !

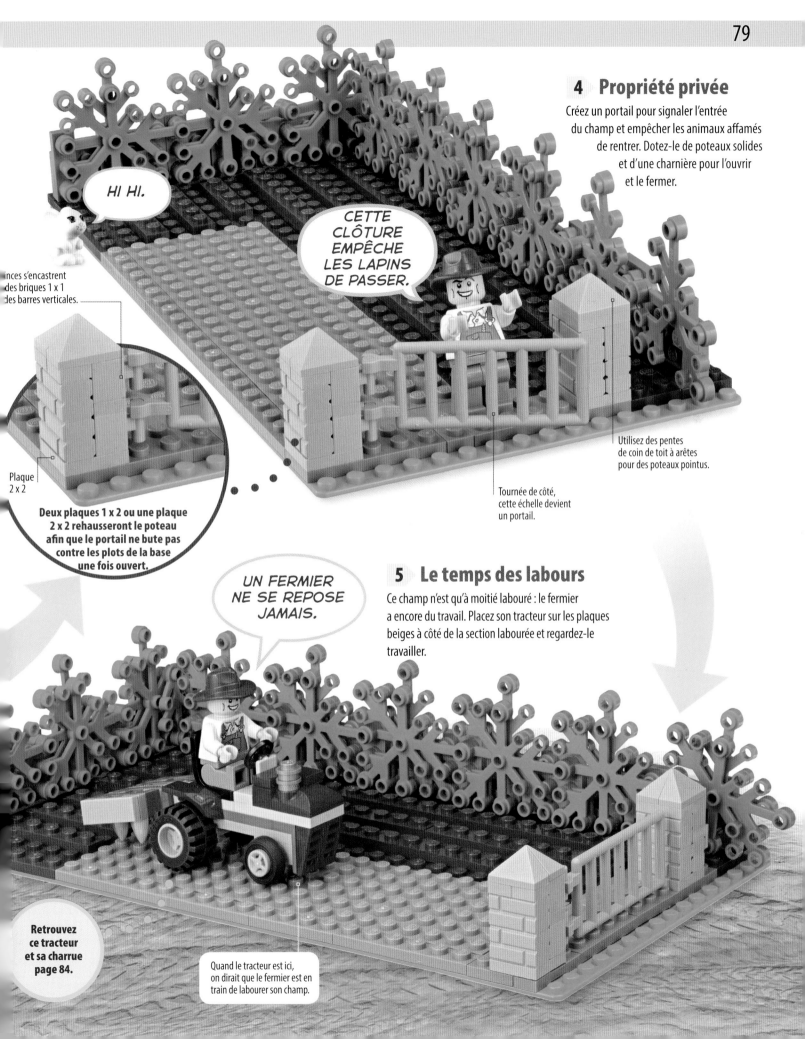

4 Propriété privée

Créez un portail pour signaler l'entrée du champ et empêcher les animaux affamés de rentrer. Dotez-le de poteaux solides et d'une charnière pour l'ouvrir et le fermer.

HI HI.

CETTE CLÔTURE EMPÊCHE LES LAPINS DE PASSER.

nces s'encastrent des briques 1 x 1 les barres verticales.

Plaque 2 x 2

Deux plaques 1 x 2 ou une plaque 2 x 2 rehausseront le poteau afin que le portail ne bute pas contre les plots de la base une fois ouvert.

Utilisez des pentes de coin de toit à arêtes pour des poteaux pointus.

Tournée de côté, cette échelle devient un portail.

UN FERMIER NE SE REPOSE JAMAIS.

5 Le temps des labours

Ce champ n'est qu'à moitié labouré : le fermier a encore du travail. Placez son tracteur sur les plaques beiges à côté de la section labourée et regardez-le travailler.

Retrouvez ce tracteur et sa charrue page 84.

Quand le tracteur est ici, on dirait que le fermier est en train de labourer son champ.

Les champs de légumes

Une fois le champ du fermier labouré, il est temps de le semer. Vous pouvez créer toutes sortes de légumes avec vos pièces LEGO. Puisque les récoltes sont plantées en sillons, choisissez plusieurs pièces avec des formes et des couleurs semblables pour créer vos plantes.

ET ENSUITE ?

Utilisez les techniques apprises dans les pages précédentes pour construire un champ à moitié labouré, planté de légumes.

LES CAROTTES

Les carottes

Pour construire ce champ de carottes, commencez par une base composée d'une ou de plusieurs grandes plaques. Ajoutez une deuxième strate de plaques de deux plots de large espacées pour créer les sillons où les carottes sont plantées. Pour un défi supplémentaire, construisez des carottes plus grandes dans certains sillons

LES CAROTTES DU FOND SONT BIENTÔT CUITES.

Les petites carottes se composent d'une plaque ronde 1 x 1 orange et d'une fleur verte 1 x 1 pour les fanes.

Cette rangée comporte une seconde plaque ronde orange.

Cette pièce verte a vraiment été conçue pour représenter des fanes de carotte !

Les grandes carottes sont faites d'un cône orange 1 x 1.

Les rangées sont reliées aux extrémités pour créer un long double S.

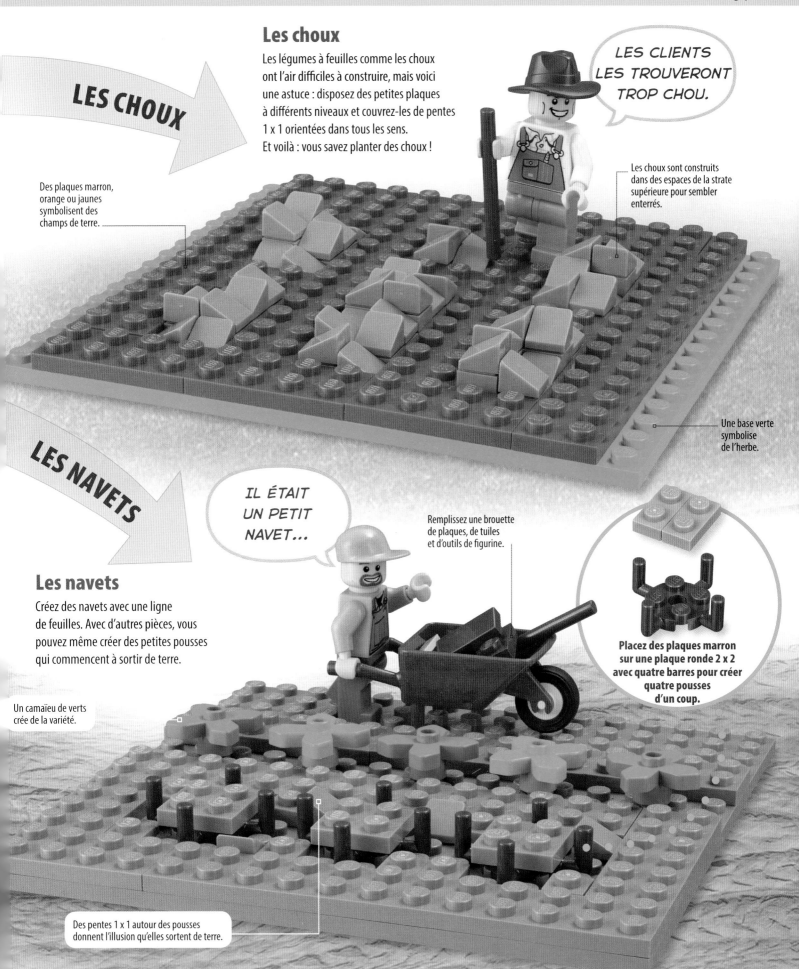

Les choux

Les légumes à feuilles comme les choux ont l'air difficiles à construire, mais voici une astuce : disposez des petites plaques à différents niveaux et couvrez-les de pentes 1 x 1 orientées dans tous les sens. Et voilà : vous savez planter des choux !

LES CHOUX

LES CLIENTS LES TROUVERONT TROP CHOU.

Des plaques marron, orange ou jaunes symbolisent des champs de terre.

Les choux sont construits dans des espaces de la strate supérieure pour sembler enterrés.

Une base verte symbolise de l'herbe.

LES NAVETS

IL ÉTAIT UN PETIT NAVET...

Remplissez une brouette de plaques, de tuiles et d'outils de figurine.

Les navets

Créez des navets avec une ligne de feuilles. Avec d'autres pièces, vous pouvez même créer des petites pousses qui commencent à sortir de terre.

Un camaïeu de verts crée de la variété.

Placez des plaques marron sur une plaque ronde 2 x 2 avec quatre barres pour créer quatre pousses d'un coup.

Des pentes 1 x 1 autour des pousses donnent l'illusion qu'elles sortent de terre.

Galerie de plantes

Donnez vie à votre campagne avec des fleurs et des arbres colorés. Vous n'avez que l'embarras du choix, et voici quelques idées pour vous inspirer.

Des strates de briques rondes 2 x 2 et des grandes feuilles encastrées dans une barre forment le feuillage de cet arbre.

PETIT ARBRE

ARBRE EN FLEUR

ARBRE MOYEN

CELA FAIT DES HEURES QU'ELLE REGARDE DANS LE VIDE.

SERRE

POMMIER

GRAND ARBRE

PARTERRE DE FLEURS

TOURNESOLS

À la ferme

L'urbaniste s'arrête dans une ferme pour voir comment les fermiers prennent soin de leurs animaux. Créez des petites scènes agricoles et des véhicules. Utilisez les animaux LEGO ou imaginez les vôtres !

Un beau mouton

Ce mouton a une superbe toison faite de nombreuses plaques à anneaux horizontaux pour les boucles. Fixez la tête à une plaque et une brique à charnière pour que le mouton puisse voir ce que font les autres.

Utilisez des plaques 1 x 1 avec des anneaux horizontaux et des grilles 1 x 2 pour faire la toison.

Brique 1 x 2 et plaque à charnière.

Yeux en tuiles rondes 1 x 1 imprimées.

JE ME SENS RAJEUNI.

VIENS, FRIDA, C'EST L'HEURE DU BAIN.

Une arme en forme de pince fait office d'outil pour tondre.

EST-CE QUE J'AI L'AIR D'UN AGNEAU ?

Les côtés de l'enclos sont des portes de prison maintenues par des pinces à leur base.

Le bain des moutons

Les fermiers donnent parfois un bain antiparasitaire à leurs moutons pour les protéger des insectes et des maladies. Utilisez des pièces à barre fixe pour la barrière, et des petites plaques transparentes pour l'eau du bain.

Des échelles encastrées dans des barres deviennent des barrières pour conduire les moutons au bain.

Le bain utilise un camaïeu de bleus et des plaques transparentes 1 x 1.

Le tracteur et la charrue

Un fermier a besoin d'un tracteur pour se déplacer sur son terrain. Construisez une charnière à rotule pour retirer facilement les différents équipements, comme cette charrue.

Deux plaques rondes 1 x 1 pour une mini-cheminée.

Plaque avec une cavité pour la charrue.

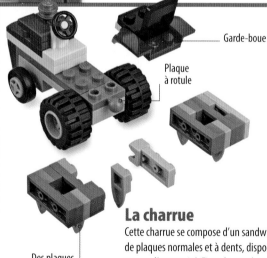

Garde-boue

Plaque à rotule

La charrue

Cette charrue se compose d'un sandwich de plaques normales et à dents, disposées autour d'une cavité. Fixez-la avec la rotule à l'arrière du tracteur.

Des plaques à dents pour la charrue.

La foire agricole

À la foire agricole, tous les fermiers et artisans locaux présentent leurs meilleurs produits au concours. On y trouve aussi plein de bonnes choses à manger !

L'ÉTAL DES CAROTTES

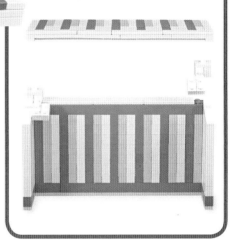

Des étals différents

Les deux étals et leur auvent ont la même forme, mais leur construction est très différente.
L'étal des carottes est construit vers le haut, tandis que celui du boulanger utilise une construction SNOT.

La table des juges se compose de plaques surmontées de tuiles et plaques cyclopes.

Cette carotte colossale est faite d'un cône 2 x 2 et d'un dôme 2 x 2, maintenus par un petit essieu LEGO Technic.

Une rangée de dents crée un bord cranté pour l'auvent.

L'ÉTAL DU MARCHÉ

JE DRESSE LA TABLE.

Utilisez des tuiles de formes et couleurs différentes pour créer une nappe à carreaux.

Les loisirs

La journée a été longue : l'urbaniste décide de planter une tente dans un endroit avec une belle vue pour se détendre. Imaginez des activités pour que vos figurines se reposent bien.

Découvrez des techniques de construction d'arbres pages 82-83.

Utilisez deux demi-arches à plusieurs niveaux pour créer la forme de l'arbre.

Les chaises de camping sont des drapeaux fichés dans une plaque 1 x 2 à barre fixe.

La tente repose sur des pentes 1 x 1.

Le sac à dos comporte deux plaques à barre fixe.

Filins faits avec des ficelles à plots et des barres fichées dans des plaques à pince. Vous pouvez aussi utiliser des ficelles dotées de plots aux extrémités.

Des petites pièces grises symbolisent les cendres du feu.

Pour la petite table de camping, il suffit d'un bouclier et d'une plaque à pince posés sur deux plaques rondes argentées.

Le camping

La tente deux places (ci-dessus) est construite comme un coin de mur. Une plaque d'angle à l'arrière et des pentes 1 x 1 des deux côtés la maintiennent en place. La tente familiale (ci-dessous) compte trois parois fixées par des charnières, avec une quatrième à l'arrière. Le piquet central est fixé aux briques à plots latéraux construites au sommet.

Rangée de briques à plots latéraux

Un mur de soutien

Un mur à l'arrière permettra de soutenir les trois côtés de la tente. Utilisez des pentes assorties à la forme de la tente. Des briques à plots latéraux sont fixées au sommet de la tente.

Ajoutez des briques transparentes pour une ouverture.

Des flammes fichées dans des cônes transparents font un joli feu de camp.

C'EST BIEN BEAU TOUT ÇA, MAIS OÙ EST LA TÉLÉ ?

Le champignon est une antenne satellite fichée sur un cône 1 x 1.

L'intérieur est assez grand pour toute la famille.

Utilisez des grandes tuiles pour créer une toile de sol lisse.

L'aire de pique-nique

Construisez des tables et des bancs en bois sous un grand arbre pour un pique-nique bucolique. N'oubliez pas d'emporter à manger, à boire, et des accessoires pour s'amuser.

Créez une brique de jus de fruits avec une pente 1 x 1 sur une brique 1 x 1.

La carafe est un gobelet sur une tête de figurine transparente.

LA VIE EST DURE !

Les bancs sont faits avec deux plaques marron d'un plot de large.

Il vous faudra plus d'une raquette de tennis pour jouer !

Les pieds de la table de pique-nique sont des bûches et des briques texturées.

À la pêche

Construisez une rivière aux berges en sable pour que vos figurines en profitent pour pêcher. Quelle délicieuse façon de passer une belle journée d'été !

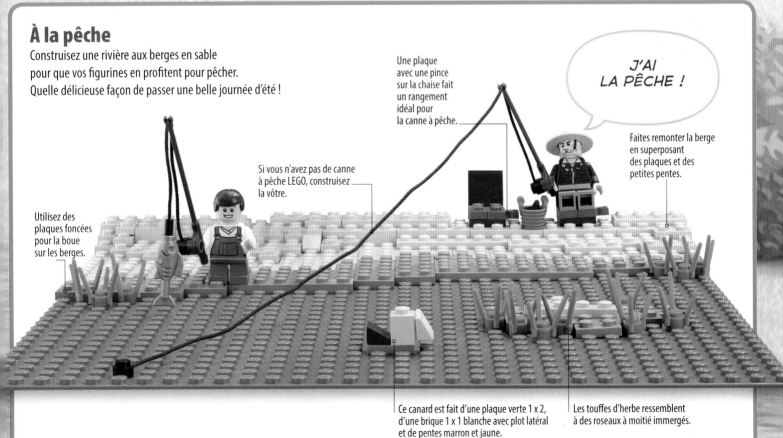

Une plaque avec une pince sur la chaise fait un rangement idéal pour la canne à pêche.

J'AI LA PÊCHE !

Faites remonter la berge en superposant des plaques et des petites pentes.

Si vous n'avez pas de canne à pêche LEGO, construisez la vôtre.

Utilisez des plaques foncées pour la boue sur les berges.

Ce canard est fait d'une plaque verte 1 x 2, d'une brique 1 x 1 blanche avec plot latéral et de pentes marron et jaune.

Les touffes d'herbe ressemblent à des roseaux à moitié immergés.

Des bâtiments modulaires

Les bâtiments de base au début du chapitre (pages 54-55) et ce corps de ferme à deux étages semblent bien différents, mais ils utilisent la même structure modulaire.

Briques rondes 1 x 1 pour les cheminées.

Des petites fenêtres permettent d'éclairer le grenier.

Pour le toit, vous pouvez utiliser des pentes, des tuiles, des plaques, voire des briques disposées en escalier.

La maison du fermier

Une fois à la campagne, l'urbaniste est prête à ajouter des cordes à son arc. Son nouveau défi : créer une maison pour une famille de fermiers qui vit loin de l'agitation de la ville.

Des briques texturées encastrées créent des coins détaillés.

Utilisez des pinces, des barres et d'au... pièces longues et... pour les gouttière...

Créez des baies vitrée... en regroupant plusieurs petites fenêtres.

AH, LE PARFUM DU PURIN AU PETIT MATIN !

Fondations solides en « pierre » pour la première rangée de briques.

Fixez des feuilles à des briques
à plots latéraux encastrées
dans le mur pour symboliser
du lierre grimpant.

Les stores

Pour créer des stores vénitiens, alternez de longues tuiles fines
avec des plaques 1 x 1 sur les côtés. Avec des briques marron,
vous aurez des stores en bois, tandis que des couleurs vives
figureront des stores métalliques.

VUE ARRIÈRE

JE TROUVE LE LIERRE TRÈS ATTACHANT.

VUE LATÉRALE

Découvrez
les meubles
de cette maison
page 66.

LE CHAT PREND TOUTE LA PLACE DANS LE LIT.

Qui sait ce qui
se cache dans
le grenier ?

Utilisez un
escalier LEGO,
construisez
le vôtre ou
combinez les
deux, comme
ici !

Ajoutez des plantes
à l'extérieur.

Avec des pièces incurvées
et des tuiles, créez des chaises
et des canapés.

À LA CONQUÊTE DE L'OUEST

Hello, cow-boys ! Un nouveau shérif vient d'être nommé dans la petite ville de Briques City. On raconte qu'elle grouille de bandits, de voleurs de bétail et de toutes sortes de desperados. Grimpez en selle et faites route avec le shérif et son adjoint, qui se sont donné pour mission de créer les plus beaux modèles de tout l'Ouest. Hiii haaa !

La calèche

Le shérif et son adjoint sont déterminés à ramener la loi et l'ordre à Briques City. Ils ont besoin de transporter leurs affaires dans le désert : pour cela, rien de tel qu'une calèche ! D'abord, trouvez des plaques rectangulaires pour la base. Les pièces noires et marron sont parfaites car elles rappellent le bois.

C'EST PARTI !

Broche LEGO® Technic encastrée dans une roue

Plaque 6 X 10

1 Construisez la plateforme

En résumé, une calèche est une plateforme sur roues. Commencez par une grande plaque de la taille de votre future calèche. Ajoutez des points d'ancrage pour les roues et verrouillez le tout à l'aide de quelques petites plaques.

Il existe de nombreuses roues LEGO. Ces grandes roues qui accueillent des broches LEGO® Technic sont idéales pour des calèches.

2 Les essieux

Utilisez un harnais pour atteler un cheval à la base de votre calèche. Assemblez ensuite les roues, en ajustant leur essieu si la calèche n'est pas à la bonne hauteur. Si votre calèche roule parfaitement, attendez pour ajouter le cheval et les roues.

J'ESPÈRE QUE CE SIÈGE EST CONFORTABLE, CAR LA ROUTE VA ÊTRE LONGUE !

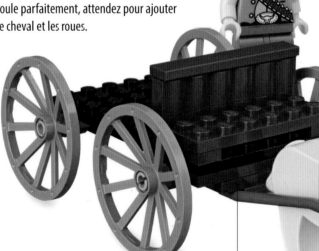

Accrochez vos figurines aux plots sur le siège

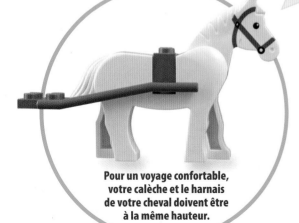

Pour un voyage confortable, votre calèche et le harnais de votre cheval doivent être à la même hauteur.

3 Prenez place

Une plaque 2 x 6 et deux plaques 1 x 2 créent un petit banc pour le conducteur. Des bûches empilées donnent l'illusion que le dossier est en bois.

Avec des pièces superposées, le raccord avec la roue sera plus solide.

C'EST BON, J'AI TOUTES LES PROVISIONS !

Agencez les planches de manière irrégulière pour un aspect bricolé.

Voir page 99 pour plus de détails sur ces formations rocheuses.

L'arrière de la calèche doit rester bas pour la charger et décharger plus facilement.

Placez des couvercles en tuiles sur les barils et les caisses.

4 ▸ Chargez la calèche

L'arrière de la calèche contient les provisions et le matériel. Construisez des parois pour les empêcher de tomber. Des tuiles fixées à des plots SNOT ressemblent aux planches en bois d'une vraie calèche.

Un chapeau de cow-boy protège le visage du soleil pendant la traversée du désert.

L'adjoint du shérif n'utilise pas vraiment le fouet : il lui sert seulement à avoir fière allure !

5 ▸ En avant !

Bon travail, Pied-tendre ! N'oubliez pas de faire rouler votre calèche pour vérifier que les roues sont bien équilibrées. Maintenant que vous avez construit une calèche solide, c'est l'heure de prendre la route. Mais que trouvera votre duo de cow-boys sur son chemin ?

La caravane

Votre première calèche était assez simple, mais d'autres chariots plus élaborés sillonnent les routes de l'Ouest. Tous sont conçus à partir de la même base, mais varient ensuite en fonction de leur usage.

Le chariot cantine

Ce chariot transporte de la viande et des produits frais vers le fort voisin. Il ressemble au chariot précédent, mais est un peu plus technique à cause de ses tubes incurvés.

ET ENSUITE ?

LE CHARIOT CANTINE

Des briques 1 X 2 avec des plots SNOT ne sont qu'une façon parmi d'autres de fixer des roues.

Ces chariots partent de la même base que celle de la page précédente. C'est ce que vous en ferez ensuite qui compte !

Les pinces empêchent les outils, la viande et les bouteilles de tomber du chariot.

VUE ARRIÈRE

Construisez un chariot bâché en plaçant du tissu sur les tubes pour protéger son chargement.

Ce cheval possède une articulation supplémentaire pour se cabrer : admirez-le en action page 100 !

TOUT DOUX, MES BEAUTÉS.

Flexible LEGO courbé

Avec ses petites roues, le chariot reste plus près du sol.

Ces roues s'encastrent dans une plaque d'essieu avec des broches.

Attelez deux chevaux pour les chargements lourds.

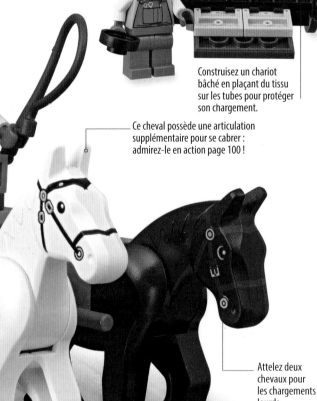

JE SUIS À L'AFFÛT DES BANDITS.

Des barres fixées au sommet créent un porte-bagages... et un rail auquel les passagers peuvent s'accrocher !

HÉ HÉ !

Une petite porte de voiture réutilisée dans une diligence du Far West.

LA DILIGENCE

Des tuiles lisses couvrent les plots sur le chariot pour qu'il soit facilement amovible.

La diligence

La diligence sert à transporter des voyageurs, et doit être fermée pour les protéger du soleil et de la poussière. Placez des sièges à l'intérieur et n'oubliez pas les portes et les fenêtres pour que vos passagers puissent embarquer et admirer le paysage.

HÉ, OÙ EST PASSÉ MON PORTE-BAGAGES ?

Un toit amovible permet de jouer plus facilement dans votre diligence. Placez des petites plaques sous le toit pour qu'il s'encastre parfaitement.

VUE EN PLONGÉE

Assis sur des sièges qui se font face, les passagers peuvent discuter pendant le trajet.

Les coffres au trésor sont monnaie courante dans les ensembles de châteaux ou de pirates LEGO.

Un paysage du Far West

On pourrait penser que les paysages sont monotones dans l'Ouest, mais les cavaliers expérimentés savent que chaque rocher et chaque plante contribue à son mystère. Ajoutez des détails dans votre paysage !

Phare

Les tuiles et briques rondes 2 x 2 marron rappellent le bois.

Créez des visages avec des phares pour les yeux, des pentes en guise de nez et des demi-arches incurvées pour des ailes ou des bois.

Des totems

Au son des tambours traditionnels, des hauts totems se dressent sur les berges du fleuve. Pour les détails de votre village, inspirez-vous de photos authentiques.

Pointe de toit

Contentez-vous de deux ou trois couleurs par totem.

Des tambours traditionnels

Dans un village au cœur du désert, le chef joue du tambour traditionnel. Cette construction simple utilise une brique ronde 2 x 2 rouge pour la base et une plaque ronde 2 x 2 marron pour la décoration. Donnez-lui un aspect lisse en la surmontant d'une tuile 2 x 2.

De nombreuses plaques donnent l'impression d'un terrain accidenté.

Des flammes et une cuisse de dinde sont fichées dans les plots creux de plaques cyclopes.

Autour du feu de camp

La nuit tombe : le shérif et son adjoint allument un feu de camp pour cuisiner un bon dîner, avant de monter la garde à tour de rôle. Ils ont besoin de repos pour attraper les bandits !

Construisez un tapis de sol à carreaux avec des tuiles 1 x 1 de plusieurs couleurs.

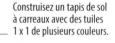

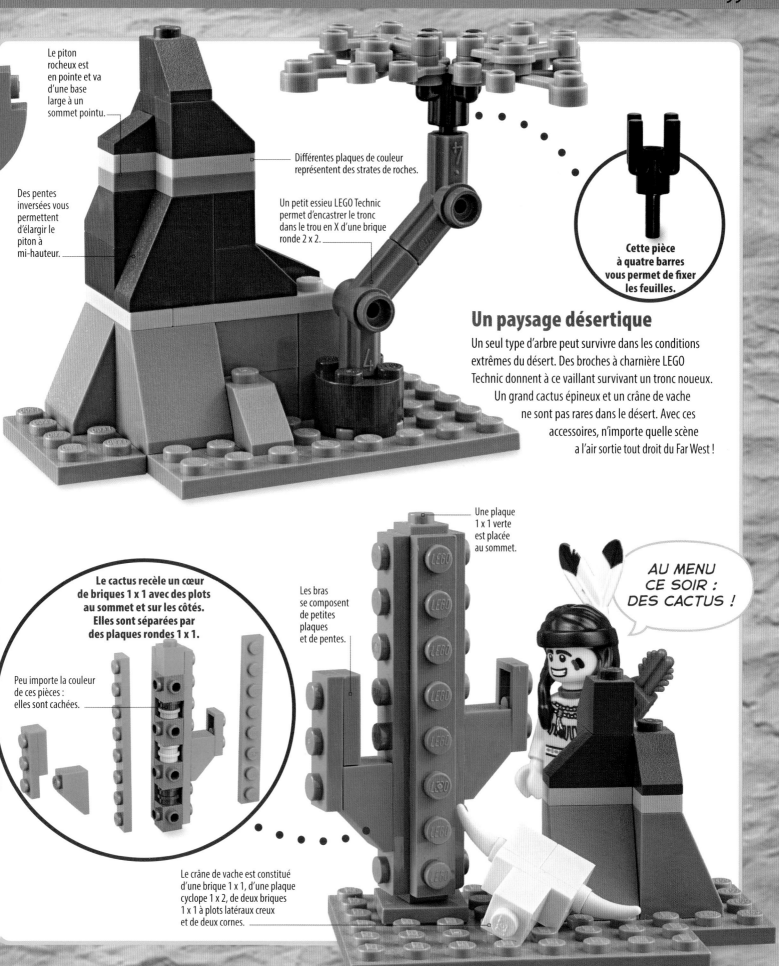

Le piton rocheux est en pointe et va d'une base large à un sommet pointu.

Des pentes inversées vous permettent d'élargir le piton à mi-hauteur.

Différentes plaques de couleur représentent des strates de roches.

Un petit essieu LEGO Technic permet d'encastrer le tronc dans le trou en X d'une brique ronde 2 x 2.

Cette pièce à quatre barres vous permet de fixer les feuilles.

Un paysage désertique

Un seul type d'arbre peut survivre dans les conditions extrêmes du désert. Des broches à charnière LEGO Technic donnent à ce vaillant survivant un tronc noueux. Un grand cactus épineux et un crâne de vache ne sont pas rares dans le désert. Avec ces accessoires, n'importe quelle scène a l'air sortie tout droit du Far West !

Le cactus recèle un cœur de briques 1 x 1 avec des plots au sommet et sur les côtés. Elles sont séparées par des plaques rondes 1 x 1.

Peu importe la couleur de ces pièces : elles sont cachées.

Les bras se composent de petites plaques et de pentes.

Une plaque 1 x 1 verte est placée au sommet.

AU MENU CE SOIR : DES CACTUS !

Le crâne de vache est constitué d'une brique 1 x 1, d'une plaque cyclope 1 x 2, de deux briques 1 x 1 à plots latéraux creux et de deux cornes.

Le fort de la cavalerie

Le shérif fait halte dans un fort isolé, où les soldats lui apprennent qu'un célèbre bandit se dirigerait vers Briques City… Donnez de la vie à vos plaines de l'Ouest en construisant des lieux où vos figurines pourront s'arrêter en chemin.

OUPS, DÉSOLÉ. C'EST MON PAQUET DE CHIPS.

Un petit créneau laisse dépasser un canon.

C'EST QUOI, CE BRUIT ?

AVEC CETTE POSE, TOUT LE MONDE SAURA QUI COMMANDE, ICI.

Les épaulettes complètent la tenue.

Un cheval cabré, prêt à l'action.

La base de cet affût pour canon est construite de la même façon que celle du chariot page 94.

Le capitaine de la cavalerie

Dans la cavalerie, un gradé doit avoir l'air important. Donnez au capitaine du fort des décorations et des accessoires pour que tout le monde sache qui commande.

Utilisez des plaques marron et beiges pour simuler du sable.

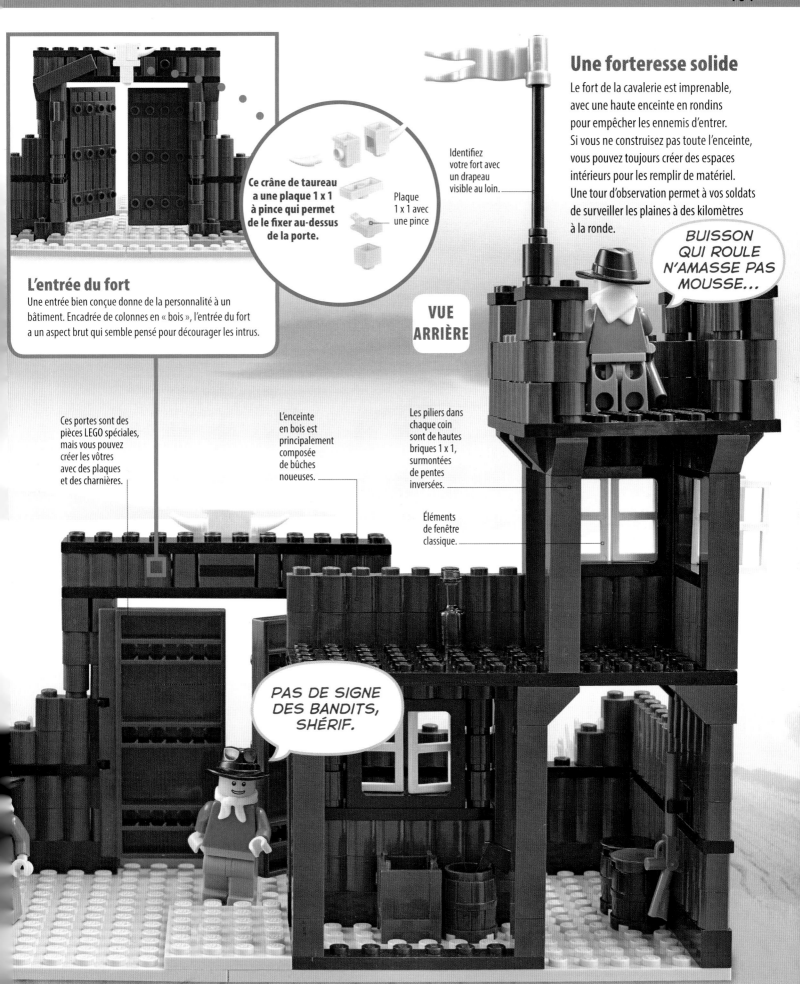

Une forteresse solide

Le fort de la cavalerie est imprenable, avec une haute enceinte en rondins pour empêcher les ennemis d'entrer. Si vous ne construisez pas toute l'enceinte, vous pouvez toujours créer des espaces intérieurs pour les remplir de matériel. Une tour d'observation permet à vos soldats de surveiller les plaines à des kilomètres à la ronde.

Identifiez votre fort avec un drapeau visible au loin.

VUE ARRIÈRE

BUISSON QUI ROULE N'AMASSE PAS MOUSSE...

Ce crâne de taureau a une plaque 1 x 1 à pince qui permet de le fixer au-dessus de la porte.

Plaque 1 x 1 avec une pince

L'entrée du fort

Une entrée bien conçue donne de la personnalité à un bâtiment. Encadrée de colonnes en « bois », l'entrée du fort a un aspect brut qui semble pensé pour décourager les intrus.

Ces portes sont des pièces LEGO spéciales, mais vous pouvez créer les vôtres avec des plaques et des charnières.

L'enceinte en bois est principalement composée de bûches noueuses.

Les piliers dans chaque coin sont de hautes briques 1 x 1, surmontées de pentes inversées.

Éléments de fenêtre classique.

PAS DE SIGNE DES BANDITS, SHÉRIF.

La prison

À peine arrivés, le shérif et son adjoint découvrent qu'ils ont été devancés par le bandit, qui a délivré l'un de ses complices ! Construisez votre propre prison, d'où pourra s'évader n'importe quel bandit.

C'EST PARTI !

Des tuiles de différentes tailles et couleurs ressemblent à des planches usées par le temps.

Dans les fondations, laissez un espace pour la porte.

1 ▸ Les fondations

Utilisez une plaque beige pour représenter le sol poussiéreux et ajoutez des planches pour un trottoir rudimentaire. Les briques anthracite symbolisent des fondations en pierre.

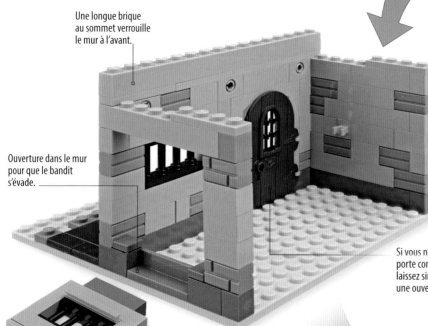

Une longue brique au sommet verrouille le mur à l'avant.

Ouverture dans le mur pour que le bandit s'évade.

Si vous n'avez pas de porte comme celle-ci, laissez simplement une ouverture.

2 ▸ Construisez des murs qui s'effritent

Une fois vos fondations terminées, construisez les murs et la porte. Mêlez briques LEGO classiques et éléments texturés pour créer des murs usés, dont le plâtre tombe en morceaux. Disposez les briques en quinconce pour les renforcer.

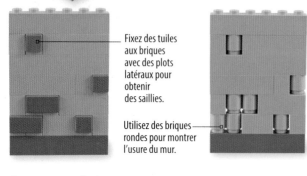

Fixez des tuiles aux briques avec des plots latéraux pour obtenir des saillies.

Utilisez des briques rondes pour montrer l'usure du mur.

Astuces en briques

Voici d'autres façons de construire des murs usés en briques. L'astuce est de rendre le mur texturé au lieu de le laisser parfaitement lisse.

3 ▸ L'extérieur de la prison

De quoi avez-vous besoin à l'extérieur de la prison ? Au Far West, les gens se déplaçaient à cheval : pourquoi ne pas ajouter un poteau qui servira à attacher les montures ?

... JE VAIS JUSTE ME PROMENER...

De petites plaques beiges ressemblent à des tas de terre ou de boue.

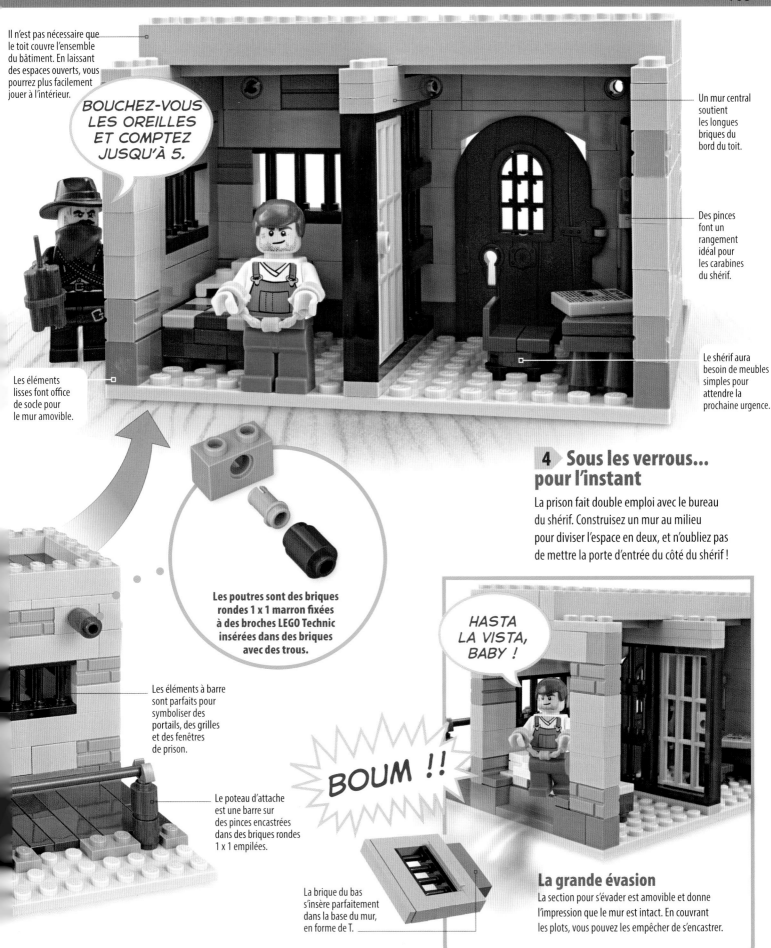

Il n'est pas nécessaire que le toit couvre l'ensemble du bâtiment. En laissant des espaces ouverts, vous pourrez plus facilement jouer à l'intérieur.

BOUCHEZ-VOUS LES OREILLES ET COMPTEZ JUSQU'À 5.

Un mur central soutient les longues briques du bord du toit.

Des pinces font un rangement idéal pour les carabines du shérif.

Les éléments lisses font office de socle pour le mur amovible.

Le shérif aura besoin de meubles simples pour attendre la prochaine urgence.

Les poutres sont des briques rondes 1 x 1 marron fixées à des broches LEGO Technic insérées dans des briques avec des trous.

Les éléments à barre sont parfaits pour symboliser des portails, des grilles et des fenêtres de prison.

4 ▶ Sous les verrous... pour l'instant

La prison fait double emploi avec le bureau du shérif. Construisez un mur au milieu pour diviser l'espace en deux, et n'oubliez pas de mettre la porte d'entrée du côté du shérif !

HASTA LA VISTA, BABY !

BOUM !!

Le poteau d'attache est une barre sur des pinces encastrées dans des briques rondes 1 x 1 empilées.

La brique du bas s'insère parfaitement dans la base du mur, en forme de T.

La grande évasion

La section pour s'évader est amovible et donne l'impression que le mur est intact. En couvrant les plots, vous pouvez les empêcher de s'encastrer.

En ville

Brique après brique, construisez le reste de votre ville du Far West. Vous pouvez imaginer une banque et un magasin général près de la prison, avec un ranch à la lisière de la ville.

ET ENSUITE ?

LA BANQUE

Utilisez des plaques de base de même couleur et des trottoirs en tuiles pour aligner vos bâtiments et créer une rue.

La banque

Donnez à vos villageois un lieu où placer leurs économies et objets de valeur en dotant votre ville d'une banque. Prenez garde aux braqueurs !

Le panneau est une construction compliquée qui implique des plots, des plaques et des tuiles SNOT. Voir pages 108-109 pour découvrir comment le construire.

Une strate de tuiles marron symbolise un toit en planches.

Un plancher brillant donne à la banque une atmosphère opulente.

VUE ARRIÈRE

Le ranch

Utilisez deux plaques de base pour ce ranch : une pour le bâtiment, et l'autre pour le corral. Maintenant, votre bétail ne gambadera plus en liberté dans toute la ville !

ALLEZ, MARGUERITE ! SAUTE DANS LE CERCEAU !

TU RÊVES !

Une tige peut aussi symboliser une petite touffe d'herbe.

LE MAGASIN

Cette décoration comporte un cône 1x1 et une plaque 1x1 avec une pince verticale fichée dans une plaque à barre sur la façade.

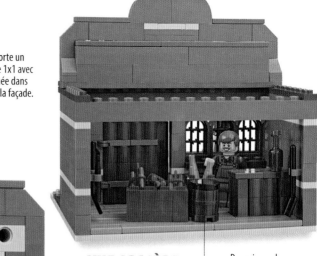

VUE ARRIÈRE

Des caisses, des barils et des pinces murales servent de présentoirs.

Le magasin

Au magasin, il y a tout ce qu'il faut pour le Far West, des carottes à la dynamite. Placez un grand panneau sur le toit pour que tous les habitants puissent trouver le magasin.

Découvrez certains objets de la ville du Far West pages 110 et 111.

N'oubliez pas d'ajouter des employés sympathiques.

LE RANCH

Le toit du ranch, avec ses tuiles colorées, est légèrement incliné.

Les planches de la clôture sont fixées à des briques à plots latéraux.

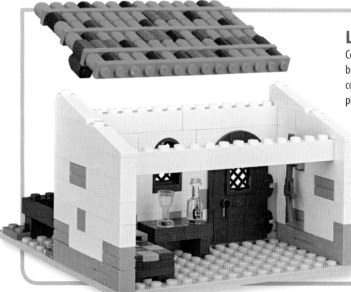

Le toit du ranch

Ce toit se compose de piles de briques rondes 1x1 de différentes couleurs, traversées de rangées de plaques fines pour plus de solidité. Des briques intégrées aux murs sont tournées vers le bas. Elles permettent au toit de reposer sur une longue brique à l'arrière du ranch.

VUE ARRIÈRE

Le saloon

Une ville du Far West ne serait pas digne de ce nom sans saloon. Des jeux de cartes aux bagarres, on ne s'y ennuie jamais. C'est le lieu favori du bandit, quand il n'est pas occupé à enfreindre la loi.

ET ENSUITE ?

LE SALOON

Vous avez construit des bâtiments de plain-pied, pourquoi ne pas ajouter des bâtiments à étage à votre ville du Far West ?

Plus de détails sur la construction de ce panneau pages 108-109.

L'extérieur du saloon

De l'extérieur, on voit les fameuses portes saloon, de grandes baies vitrées et des balcons en bois. Un grand bâtiment à étage comme celui-ci demande beaucoup de préparation : encastrez solidement vos briques pour qu'elles tiennent bien en place.

Comblez l'espace de la balustrade avec une pile de deux briques rondes 1 x 1, maintenues par une plaque 1 x 3.

J'ADORE CET ENDROIT.

Pour les colonnes qui soutiennent le balcon, il vous faut de hautes briques 1 x 1, de petites arches et des pentes inversées 1 x 2.

Les extrémités de l'auvent sont fixées au sommet de phares qui dépassent du mur à l'avant.

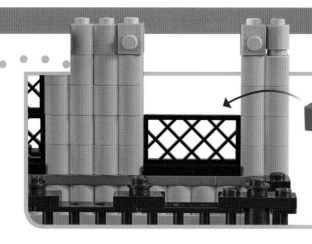

Une fenêtre décorative

La moitié supérieure de la fenêtre est une grille en treillis fixée à une brique 1 x 4 retournée avec des plots latéraux, qui est encastrée dans l'auvent vert de six plots de long.

L'intérieur du saloon

L'intérieur du saloon comporte un bar avec des boissons, des sièges pour les clients et un balcon à l'étage, d'où les figurines peuvent admirer le spectacle. Ce qui se trame au rez-de-chaussée ne dépend que de vous !

> CELA FAIT UN MOMENT QUE JE N'AI PAS VU SHAKESPEARE.

> IL EST À L'OUEST !

Des rayures marron signalent les endroits où le toit et le balcon sont fixés aux murs pour plus de solidité.

Les rambardes à l'intérieur sont les mêmes que celles de l'extérieur.

Une rambarde incurvée permet une transition en douceur avec le mur.

Utilisez des colonnes pour soutenir le balcon et le toit.

À l'étage, le balcon a une rambarde incurvée.

Si vous n'avez pas ces volets, construisez des portes saloon avec des plaques et des barres en guise de charnières.

Ajoutez des détails en cuivre en fixant une barre dorée dans des pinces à la base du bar.

VUE ARRIÈRE

Construire des panneaux

Tout bon magasin de l'Ouest a besoin d'un panneau sur la devanture. Il existe de nombreuses façons de construire des panneaux avec des briques LEGO. Voici des idées !

1 ▸ Un panneau à plaques simples

Sur ce panneau simple, des piles de plaques SNOT permettent de créer les lettres de l'alphabet. Voici comment construire la lettre « » et la lettre « A ». Entraînez-vous pour les autres lettres.

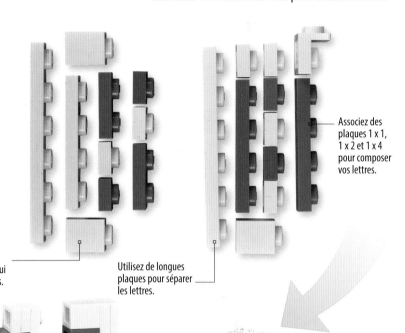

Associez des plaques 1 x 1, 1 x 2 et 1 x 4 pour composer vos lettres.

Créez une strate de briques 1 x 1 qui encadre les lettres.

Utilisez de longues plaques pour séparer les lettres.

Toutes ces lettres font deux ou trois plaques de large.

2 ▸ Le mot complet

Une fois que vous avez construit les lettres, composez le mot. N'oubliez pas les espaces entre les lettres pour que votre panneau soit lisible. Vous pouvez ajouter une brique SNOT au sommet pour couronner le panneau d'une petite arche.

Choisissez des couleurs contrastées pour faire ressortir les lettres.

Fixez l'arche à l'aide d'équerres d'angle 1 x 2.

PANNEAU SIMPLE TERMINÉ

1 Des lignes verticales

Commencez par un mur d'arrière-plan qui comprend des barres fixées à des plaques à pinces. Ensuite, construisez les parties verticales de chaque lettre à l'aide de plaques et tuiles SNOT. N'oubliez pas d'ajouter une plaque 1 x 1 avec une pince horizontale dans chaque partie, pour la fixer à la barre.

Laissez des espaces de la taille de briques 1 x 2 au pied du mur arrière pour y insérer la section inférieure.

Ces colonnes sont faites pour s'insérer entre les rangées horizontales ci-dessous.

Utilisez des pinces et des barres encastrées dans le mur d'arrière-plan du panneau.

Vous pouvez créer la plupart des lettres avec des plaques et briques 1 x 1 ou 1 x 2, mais vous aurez besoin d'une brique 1 x 2 avec un trou pour certaines d'entre elles.

Chaque segment est une pile de plaques 1 x 1 (avec une plaque à pince horizontale), surmontée d'une tuile.

Une plaque 1 x 2 avec deux pinces surmontant deux plaques a la même forme qu'une brique 1 x 2 : elle s'insère donc parfaitement dans le mur d'arrière-plan.

Créez le rebord inférieur du panneau avec de longues tuiles.

2 Des lignes horizontales

Avec la même technique, empilez les parties horizontales des lettres à l'aide de plaques et tuiles 1 x 1. Les plaques 1 x 1 doivent avoir leurs pinces verticales et non horizontales. Fixez ces barres à des pinces montées à la base du panneau.

3 La dernière étape

Enfin, assemblez les deux sections pour aligner les segments verticaux et horizontaux. Construisez une arche et un toit avec des tuiles, des plaques et des arches.

Gardez quelques plots apparents pour la décoration.

Utilisez des tuiles pour une strate supérieure lisse qui cache la structure du panneau !

PANNEAU COMPLEXE TERMINÉ

Galerie d'objets de la ville

Pour donner l'impression que vos modèles sortent tout droit du Far West, ajoutez des habitants, des animaux, des meubles et d'autres mini-constructions pour créer une scène convaincante.

TABLES DE SALOON

PORTES EN BOIS

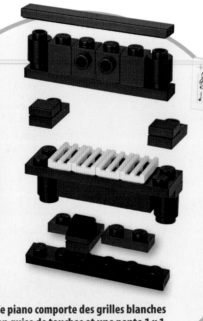

PIANO

Ce piano comporte des grilles blanches en guise de touches et une pente 1 x 1 pour la pédale. Des briques à plots latéraux tiennent la partition.

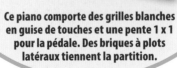

TOUS EN CHŒUR, LES GARS.

BUREAU ET CHAISE

COFFRE-FORT

TABLE BASSE OU BANC

CAISSE DE DYNAMITE

BARIL

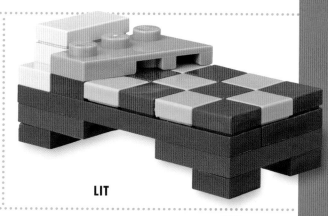

LIT

**PORTES
BATTANTES**

**LANTERNE
EN FER**

**LAMPE
EN CUIVRE**

**TABLE
ET LAMPE**

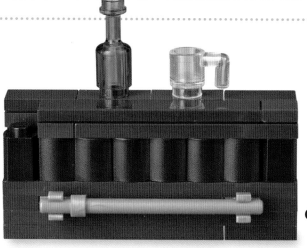

**COMPTOIR
DE BAR**

PORCHERIE

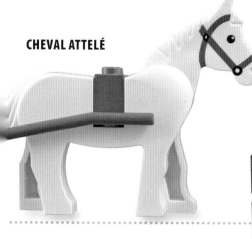

CHEVAL ATTELÉ

CHEVAL DE LA CAVALERIE

MUSTANG

Le train à vapeur

Toute aventure au Far West se doit d'avoir un train à vapeur. Ce train est parfait pour transporter des marchandises, traverser lentement le désert ou... se faire braquer ! Suivez ces étapes pour construire votre propre locomotive à vapeur !

C'EST PARTI !

Un coupleur magnétique à l'arrière maintient la voiture suivante.

1 ▸ Les roues du train

Pour les roues, commencez par des bases solides issues d'un train LEGO. Les roues sont déjà parfaitement espacées pour les rails LEGO. Si vous n'avez pas ces pièces, construisez-les à partir de plaques et roues LEGO.

LA LOCO EST PLUS BELLE AVEC DE L'OR !

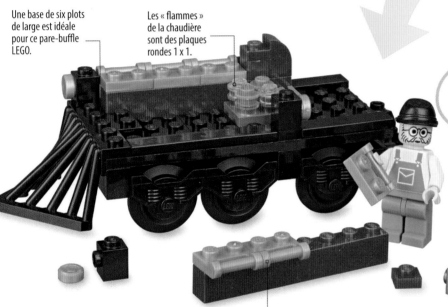

Une base de six plots de large est idéale pour ce pare-buffle LEGO.

Les « flammes » de la chaudière sont des plaques rondes 1 x 1.

Trois plaques 1 x 2 dorées à barre fixe alignées créent un joli détail sur le flanc de la locomotive.

2 ▸ La base et la chaudière

Utilisez des plaques pour assembler les roues et élargir complètement la base. Construisez le moteur avec des pièces noires pour le fer ou des couleurs vives pour les parties fraîchement peintes. Ajoutez un détail réaliste : des pièces transparentes simuleront le brasier de la chaudière, qui fait avancer le train.

Utilisez de petites demi-arches pour créer des coins incurvés.

Une tuile tient deux petites demi-arches pour créer un capot lisse.

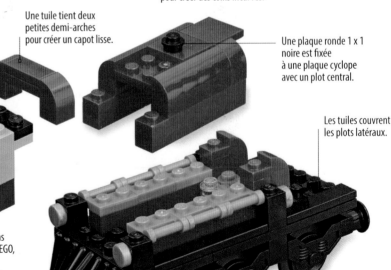

Une plaque ronde 1 x 1 noire est fixée à une plaque cyclope avec un plot central.

Les tuiles couvrent les plots latéraux.

3 ▸ Un moteur tout en rondeur

La locomotive à vapeur a un moteur en forme de cylindre : dotez-le de coins arrondis si vous possédez les bonnes pièces. En guise de frise décorative, placez les pièces avec des plots latéraux à l'avant afin de pouvoir fixer des détails tournés vers l'avant.

Si vous n'avez pas de pare-buffle LEGO, construisez le vôtre avec des pentes et des toits.

La cheminée est un cône 4 x 4 fixé à l'envers avec un essieu LEGO Technic.

4 ▶ Le panache de fumée et la cabine

Une fois le nez de la locomotive construit, créez une cabine d'où le conducteur peut alimenter la chaudière. Empilez des briques 1 x 1 pour créer les piliers des coins de la cabine, et ajoutez des tuiles imprimées pour les jauges. N'oubliez pas une cheminée pour le moteur !

PLUS QU'UN DERNIER COIN !

Avec des plaques à pinces horizontales, vous pouvez fixer une barre à laquelle le conducteur pourra s'accrocher.

Le train a les mêmes couleurs que le bateau à vapeur (pages 118-121) : appartiennent-ils à la même entreprise ?

Des tuiles avec des boutons imprimés symbolisent un moteur mécanique.

Le toit est une plaque 6 x 6 avec des tuiles 1 x 6 sur les côtés.

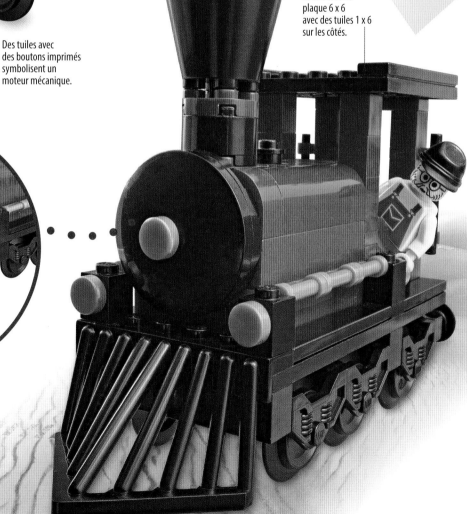

Empilez une antenne satellite sur une plaque ronde 4x4, et assemblez-les aux pièces à plots latéraux de l'étape 3 pour créer un capot rond à l'avant de la chaudière.

5 ▶ Le Wild West Express

Avec un toit sur la cabine du conducteur, votre locomotive à vapeur est terminée ! Il est temps de construire le reste du train. Tournez la page pour découvrir comment faire !

Sur les rails

Un hors-la-loi s'est échappé de la ville en montant dans le wagon vide d'un train à vapeur. Utilisez ces idées de wagons pour construire vos propres trains du Far West.

ET ENSUITE ?

LE WAGONNET

Vous avez déjà construit la locomotive. Maintenant, vous pouvez construire des wagons ! Si vous n'avez pas assez de briques, vous pouvez aussi construire un wagonnet pour la mine.

Utilisez une plaque ronde 1 x 2 jaune transparent pour un phare à l'avant.

Laissez des plots exposés pour un aspect brut, rocheux.

Le wagonnet

Les chercheurs d'or utilisent ces wagonnets pour remonter le minerai depuis le cœur de la mine. Utilisez une plaque 2 x 6 pour la base, et construisez un wagon avec un centre vide pour stocker le chargement.

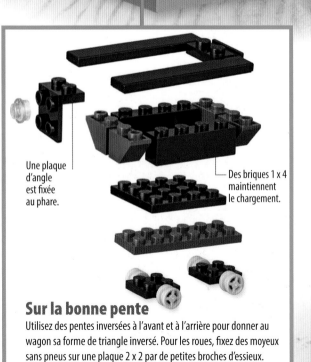

Une plaque d'angle est fixée au phare.

Des briques 1 x 4 maintiennent le chargement.

Sur la bonne pente
Utilisez des pentes inversées à l'avant et à l'arrière pour donner au wagon sa forme de triangle inversé. Pour les roues, fixez des moyeux sans pneus sur une plaque 2 x 2 par de petites broches d'essieux.

Le sifflet du train est une plaque ronde 1 x 1 fixée à une plaque cyclope.

J'ADORE QUAN[D] LE TRAIN FAI[T] TCHOU-TCHOU

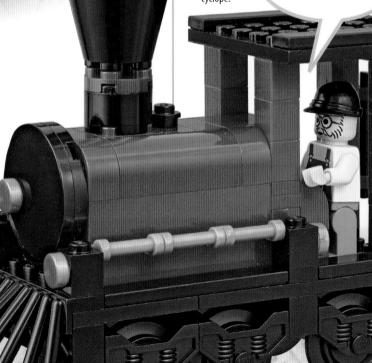

LE WAGON À CHARBON

Le wagon à charbon

Ce petit wagon à trois côtés est le wagon à charbon, où est stocké le combustible pour la locomotive. Ouvert à l'avant, il permet au conducteur d'alimenter la chaudière au besoin.

Le « charbon » est une pile de briques noires surmontée d'une strate irrégulière de plaques rondes 1 x 1.

Une plaque avec une pince tient la pelle.

La rayure noire se compose de plaques près du sommet de la pile de charbon.

Les plots au sommet glissent entre les rainures des plaques.

La partie inférieure d'une plaque LEGO glisse sur la partie lisse des rails.

Si vous n'avez pas ces coupleurs magnétiques, inventez les vôtres !

Une porte coulissante

Ci-dessus et ci-dessous, la porte du wagon se compose de plaques à rails latéraux. Prise en sandwich, la porte peut coulisser sans tomber.

LE WAGON

Le wagon

Comme de nombreux modèles du Far West, le wagon utilise des bûches et des briques rondes 1 x 1 pour simuler des rondins. Sa porte coulissante est parfaite pour charger du matériel précieux… ou cacher des fugitifs en cavale.

J'ADORE QUAND JE M'ÉCHAPPE ! HÉHÉHÉ…

La mine abandonnée

Le train du bandit mène à une mine désaffectée dans le désert. Les techniques de construction utilisées pour les rochers du paysage pages 98-99 peuvent servir pour créer l'entrée d'une mine et ses galeries, où le shérif s'apprête à arrêter le fugitif.

L'entrée de la mine

Construisez l'entrée de la mine à la manière d'un piton rocheux (voir page 99), mais ajoutez des détails comme un wagonnet et des rails, des étais et une arche qui rappelle l'entrée d'une galerie.

Fixez les pentes inversées à d'autres pièces pour plus de stabilité : il ne faudrait pas que la galerie s'effondre !

Des briques à plots latéraux encastrées dans les rochers vous permettent de fixer des détails supplémentaires.

Pour la galerie, construisez une base solide des deux côtés.

Un camaïeu de bruns crée un effet usé, érodé.

Vieux rails en tuiles grises et petites plaques marron.

Utilisez des pentes inversées pour rapprocher les parois de la galerie.

Avec leur lanterne montée sur pince, les mineurs y verront plus clair !

Associez la galerie et le paysage du désert (pages 98-99) à l'entrée de la mine pour une scène spectaculaire.

Soyez encore plus réaliste en ajoutant des détails comme des pépites d'or et des caisses à outils.

Ajoutez le wagonnet de la page précédente pour mettre en scène le travail dans la mine.

JE VAIS ÉPATER LA GALERIE.

VUE ARRIÈRE

L'intérieur de la mine

L'intérieur de la mine est pensé comme un vaste arrière-plan. Avec un échafaudage et un baril au bout d'une chaîne, vos figurines vivront forcément des aventures passionnantes. Gardez la plupart du poids du modèle près de sa base pour qu'il ne bascule pas. Utilisez des pentes inversées pour soutenir l'avant-toit, mais ne voyez pas trop grand pour ne pas déséquilibrer la paroi de la mine.

Les éléments naturels sur le modèle donnent l'impression que le reste de la scène est enterré.

Des étais fins mais d'allure naturelle soutiennent le toit sans l'alourdir.

Pour équilibrer le modèle, le sommet doit être plus étroit que la base.

ARRÊTEZ-VOUS, GREDINS !

TU NE M'ATTRAPERAS PAS, SHÉRIF !

CHIC, J'AI MON CHAPEAU EN PLASTIQUE !

Avec son raccord à un plot, le baril peut tourner ou tomber pendant une bagarre. Remplissez-le de « rochers » en briques ou de minerai.

Une chaîne peut se balancer au gré du vent ou tenir un objet comme un outil, voire un prisonnier.

Cette lampe en fer est semblable à celles du bateau à vapeur (page 119), avec une antenne satellite comme couvercle.

Le bateau à vapeur

Le bandit a fui la mine et file vers le fleuve !
Il est monté à bord d'un bateau à vapeur,
le shérif sur ses talons. Voici quelques astuces
pour vous aider à construire ce bateau.

Allongez l'arrière
de la coque des deux côtés
pour qu'elle entoure
la roue à aubes.

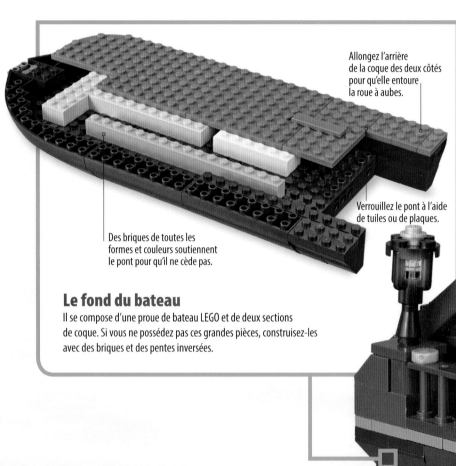

Verrouillez le pont à l'aide
de tuiles ou de plaques.

Des briques de toutes les
formes et couleurs soutiennent
le pont pour qu'il ne cède pas.

Le fond du bateau

Il se compose d'une proue de bateau LEGO et de deux sections
de coque. Si vous ne possédez pas ces grandes pièces, construisez-les
avec des briques et des pentes inversées.

LA VIE N'EST PAS
UN LONG FLEUVE
TRANQUILLE !

En descendant le fleuve

Un bateau à vapeur comme ceux qui voguaient sur le
Mississippi est une construction difficile, mais qui a fière
allure une fois assemblée. Utilisez des pièces de couleur
vive pour créer un motif coloré. Comme toujours dans
le Far West, n'oubliez pas les pièces marron pour simuler
le bois.

Pour une touche
de luxe, ajoutez
des détails dorés.

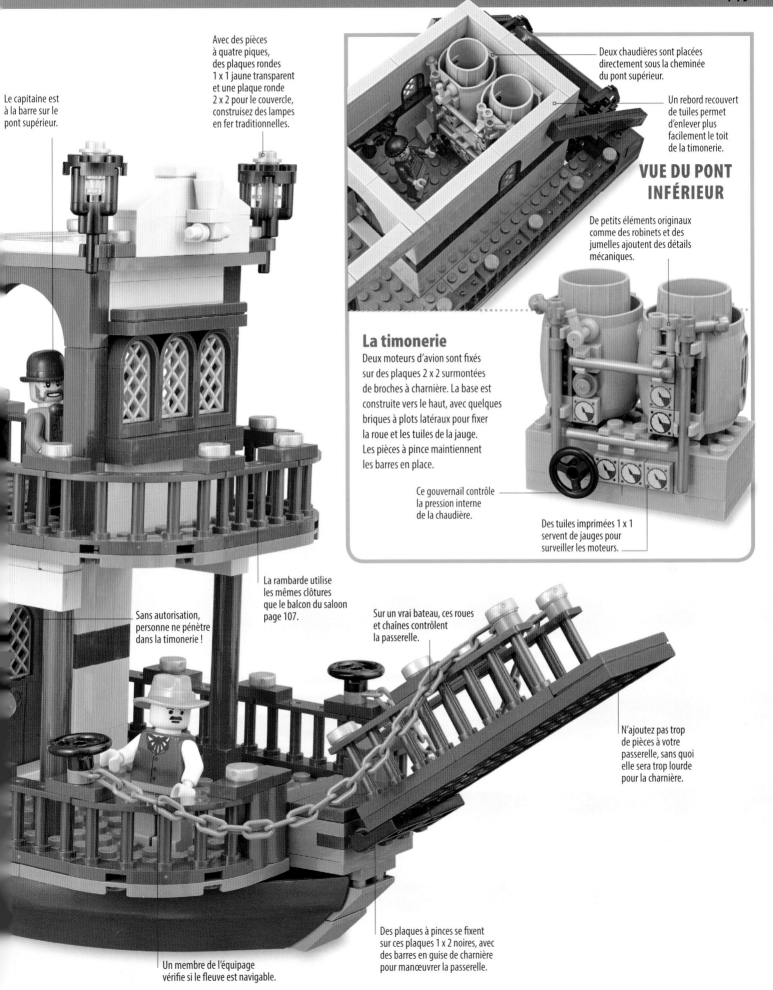

Le capitaine est à la barre sur le pont supérieur.

Avec des pièces à quatre piques, des plaques rondes 1 x 1 jaune transparent et une plaque ronde 2 x 2 pour le couvercle, construisez des lampes en fer traditionnelles.

Deux chaudières sont placées directement sous la cheminée du pont supérieur.

Un rebord recouvert de tuiles permet d'enlever plus facilement le toit de la timonerie.

VUE DU PONT INFÉRIEUR

De petits éléments originaux comme des robinets et des jumelles ajoutent des détails mécaniques.

La timonerie

Deux moteurs d'avion sont fixés sur des plaques 2 x 2 surmontées de broches à charnière. La base est construite vers le haut, avec quelques briques à plots latéraux pour fixer la roue et les tuiles de la jauge. Les pièces à pince maintiennent les barres en place.

Ce gouvernail contrôle la pression interne de la chaudière.

Des tuiles imprimées 1 x 1 servent de jauges pour surveiller les moteurs.

La rambarde utilise les mêmes clôtures que le balcon du saloon page 107.

Sans autorisation, personne ne pénètre dans la timonerie !

Sur un vrai bateau, ces roues et chaînes contrôlent la passerelle.

N'ajoutez pas trop de pièces à votre passerelle, sans quoi elle sera trop lourde pour la charnière.

Un membre de l'équipage vérifie si le fleuve est navigable.

Des plaques à pinces se fixent sur ces plaques 1 x 2 noires, avec des barres en guise de charnière pour manœuvrer la passerelle.

Le bateau à vapeur (suite)

Des plaques 1 x 1 avec des pinces tiennent des lampes pour éviter les collisions sur le fleuve la nuit.

Un petit mur sépare les cheminées.

À TOUTE VAPEUR !

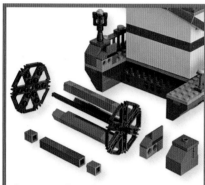

La roue à aubes

La roue à aubes se compose de briques 1 x 1 de toutes tailles, maintenues entre deux grandes plaques hexagonales. Un long essieu LEGO Technic la traverse. Ses extrémités sont retenues par des briques trouées à l'arrière du bateau.

La roue arrière

Un bateau à vapeur avance dans l'eau grâce à sa roue à aubes et à la vapeur générée par la chaudière. La roue à aubes est la partie essentielle d'un modèle de bateau à vapeur. Sans elle, ce n'est plus qu'un simple bateau !

VUE ARRIÈRE

Les lampes à l'arrière ont des cônes à leur base, fixés à des plaques cyclopes.

Des tuiles rondes 1 dorées simulent au à la perfection des pièces du Far West

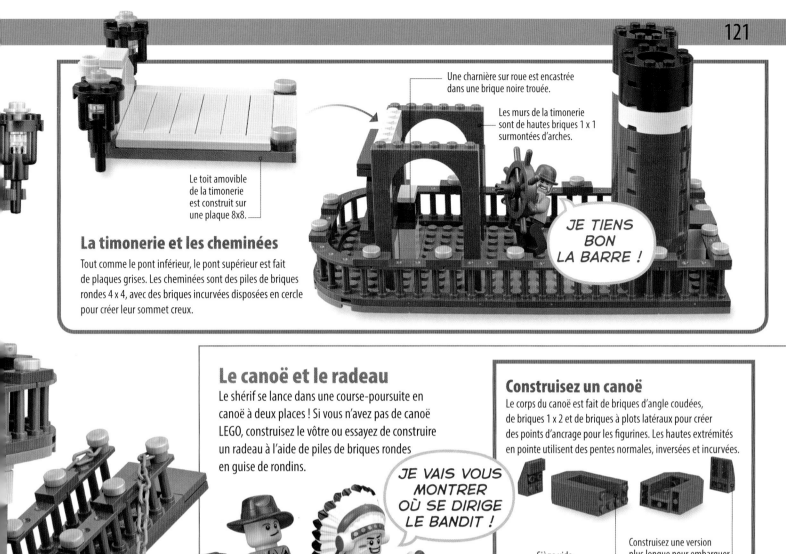

Une charnière sur roue est encastrée dans une brique noire trouée.

Les murs de la timonerie sont de hautes briques 1 x 1 surmontées d'arches.

Le toit amovible de la timonerie est construit sur une plaque 8x8.

JE TIENS BON LA BARRE !

La timonerie et les cheminées

Tout comme le pont inférieur, le pont supérieur est fait de plaques grises. Les cheminées sont des piles de briques rondes 4 x 4, avec des briques incurvées disposées en cercle pour créer leur sommet creux.

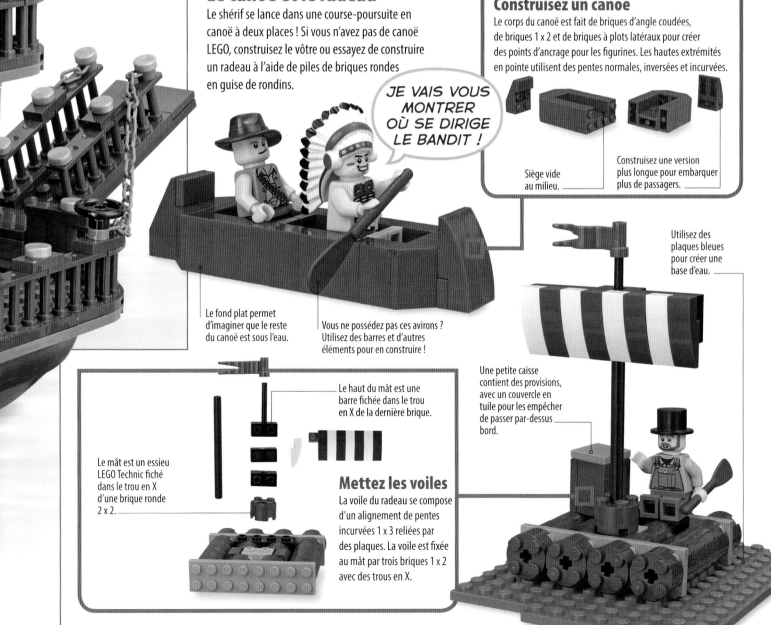

Le canoë et le radeau

Le shérif se lance dans une course-poursuite en canoë à deux places ! Si vous n'avez pas de canoë LEGO, construisez le vôtre ou essayez de construire un radeau à l'aide de piles de briques rondes en guise de rondins.

JE VAIS VOUS MONTRER OÙ SE DIRIGE LE BANDIT !

Construisez un canoë

Le corps du canoë est fait de briques d'angle coudées, de briques 1 x 2 et de briques à plots latéraux pour créer des points d'ancrage pour les figurines. Les hautes extrémités en pointe utilisent des pentes normales, inversées et incurvées.

Siège vide au milieu.

Construisez une version plus longue pour embarquer plus de passagers.

Le fond plat permet d'imaginer que le reste du canoë est sous l'eau.

Vous ne possédez pas ces avirons ? Utilisez des barres et d'autres éléments pour en construire !

Utilisez des plaques bleues pour créer une base d'eau.

Une petite caisse contient des provisions, avec un couvercle en tuile pour les empêcher de passer par-dessus bord.

Le haut du mât est une barre fichée dans le trou en X de la dernière brique.

Le mât est un essieu LEGO Technic fiché dans le trou en X d'une brique ronde 2 x 2.

Mettez les voiles

La voile du radeau se compose d'un alignement de pentes incurvées 1 x 3 reliées par des plaques. La voile est fixée au mât par trois briques 1 x 2 avec des trous en X.

La cachette du bandit

Le shérif a trouvé où le bandit cache son magot : à l'intérieur d'une grotte le long du fleuve ! Créez une scène sur deux niveaux, comme la mine abandonnée pages 116-117.

Comme pour le paysage du désert (page 99), utilisez des petites plaques irrégulières en guise de base pour pouvoir déplacer vos modèles.

Le bec et les ailes du canard sont des plaques 1 x 1 à dents.

L'ÎLOT ROCHEUX

Ces petites plantes sont des fanes de carottes fichées dans des briques rondes 1 x 1.

Une simple rive

... vraiment ? Cette rive semble bien ordinaire avec son arbre, ses fleurs et sa petite cascade, mais une surprise se cache de l'autre côté. En construisant une berge, ajoutez des îlots rocheux pour une scène plus large.

La falaise se compose de grands rochers LEGO, avec des briques et pentes grises superposées.

Des plaques rondes 1 x 1 grises simulent des cailloux.

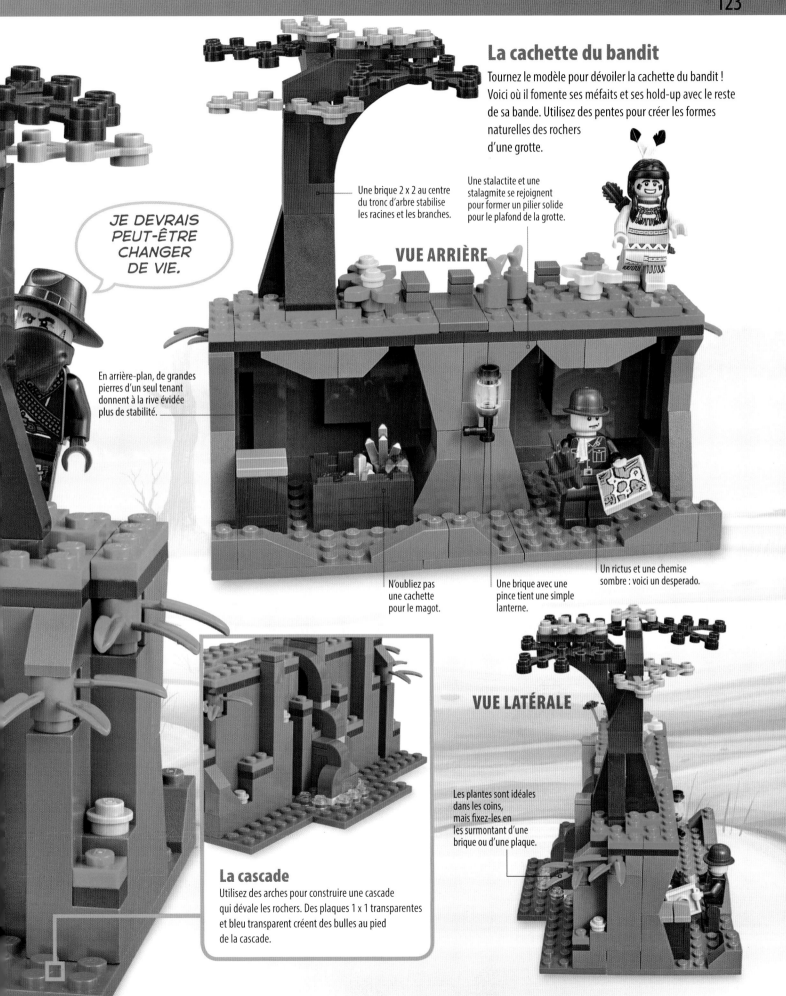

La cachette du bandit

Tournez le modèle pour dévoiler la cachette du bandit !
Voici où il fomente ses méfaits et ses hold-up avec le reste
de sa bande. Utilisez des pentes pour créer les formes
naturelles des rochers
d'une grotte.

*JE DEVRAIS
PEUT-ÊTRE
CHANGER
DE VIE.*

Une brique 2 x 2 au centre
du tronc d'arbre stabilise
les racines et les branches.

Une stalactite et une
stalagmite se rejoignent
pour former un pilier solide
pour le plafond de la grotte.

VUE ARRIÈRE

En arrière-plan, de grandes
pierres d'un seul tenant
donnent à la rive évidée
plus de stabilité.

N'oubliez pas
une cachette
pour le magot.

Une brique avec une
pince tient une simple
lanterne.

Un rictus et une chemise
sombre : voici un desperado.

VUE LATÉRALE

Les plantes sont idéales
dans les coins,
mais fixez-les en
les surmontant d'une
brique ou d'une plaque.

La cascade

Utilisez des arches pour construire une cascade
qui dévale les rochers. Des plaques 1 x 1 transparentes
et bleu transparent créent des bulles au pied
de la cascade.

Le pays merveilleux

Voici Alice. Non, pas Alice du Pays des merveilles ! Cette Alice-ci n'est qu'une petite fille ordinaire qui aime s'évader en imaginant un monde coloré et créatif. Dès qu'elle franchit ce vieux pont en pierre, elle pénètre dans un monde magique peuplé de ses personnages préférés. Aidez Alice à créer les objets, les lieux et les animaux de son incroyable pays de conte de fées, en faisant travailler votre imagination !

Une maison de conte de fées

Les couleurs de cette curieuse maison cubique semblent avoir été choisies à l'aveuglette ! Les bâtiments sont passionnants à construire, même si toutes vos pièces n'ont pas la même couleur. Faites appel à votre imagination.

C'EST PARTI !

Si vous n'avez pas de grande plaque, construisez-la avec plusieurs petites plaques.

La première rangée de plaques dépasse d'un plot.

Les rangées se terminent à deux plots du bord.

1 La plaque de base

Commencez par une grande plaque de base carrée. Placez une rangée de plaques de deux plots de large près de trois côtés, avant de la surmonter d'une rangée de plaques d'un plot de large.

Placez vos briques en quinconce pour créer des strates renforcées.

Brique 1 x 1 à plot latéral.

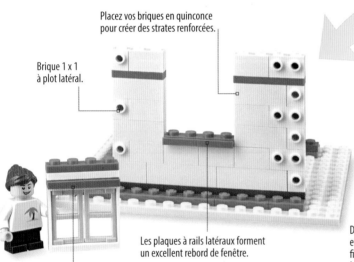

Les plaques à rails latéraux forment un excellent rebord de fenêtre.

Placez d'autres plaques à rails latéraux au-dessus de la fenêtre.

2 Pensez SNOT

Utilisez des briques d'un plot de large pour élever un mur sur la dernière strate de plaques. Placez les briques SNOT sur les bords, comme sur l'image. Laissez aussi une ouverture pour une fenêtre.

Si possible, utilisez une couleur différente pour chaque fenêtre

Des tuiles 1 x 1 et 1 x 2 sont fixées aux plots à l'aide de la technique SNOT.

Au-dessus de la fenêtre, une plaque crée un linteau à la même hauteur que les murs adjacents.

3 Des coins créatifs

Finissez la fenêtre et commencez à construire autour du coin. Les coins de cette maison utilisent des briques SNOT, auxquelles seront fixées des tuiles. Pour bien stabiliser les coins, renforcez chaque mur d'une strate de plaques.

DE NOUVELLES TUILES POUR LES CÔTÉS.

Placez cette strate de plaques à cinq plots des fondations, pour stabiliser tout le mur.

4 Les trois murs

Construisez trois murs identiques, de la même largeur, avec une fenêtre au milieu. Le mur central doit avoir une brique de plus que les côtés... pour l'instant ! Ensuite, fixez des tuiles de toutes les couleurs aux plots latéraux des murs pour simuler des briques décoratives.

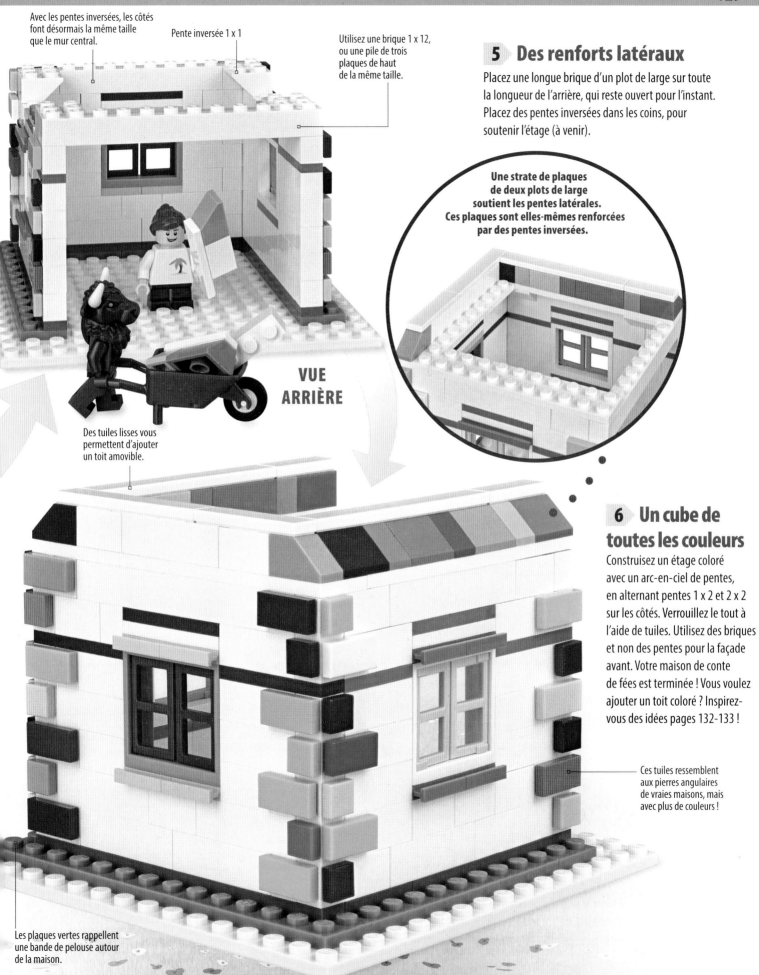

Avec les pentes inversées, les côtés font désormais la même taille que le mur central.

Pente inversée 1 x 1

Utilisez une brique 1 x 12, ou une pile de trois plaques de haut de la même taille.

5 ▶ Des renforts latéraux

Placez une longue brique d'un plot de large sur toute la longueur de l'arrière, qui reste ouvert pour l'instant. Placez des pentes inversées dans les coins, pour soutenir l'étage (à venir).

Une strate de plaques de deux plots de large soutient les pentes latérales. Ces plaques sont elles-mêmes renforcées par des pentes inversées.

VUE ARRIÈRE

Des tuiles lisses vous permettent d'ajouter un toit amovible.

6 ▶ Un cube de toutes les couleurs

Construisez un étage coloré avec un arc-en-ciel de pentes, en alternant pentes 1 x 2 et 2 x 2 sur les côtés. Verrouillez le tout à l'aide de tuiles. Utilisez des briques et non des pentes pour la façade avant. Votre maison de conte de fées est terminée ! Vous voulez ajouter un toit coloré ? Inspirez-vous des idées pages 132-133 !

Ces tuiles ressemblent aux pierres angulaires de vraies maisons, mais avec plus de couleurs !

Les plaques vertes rappellent une bande de pelouse autour de la maison.

Le village cubique

La maison fait partie d'un village merveilleux aux maisons toutes cubiques et toutes différentes. À l'aide de vos briques, reproduisez ces habitations colorées, ou faites appel à votre imagination pour en créer d'autres.

ET ENSUITE ?

Vous avez assemblé une maison de conte de fées. À présent, construisez-en d'autres, dans des couleurs et des styles différents.

Le linteau

Le linteau est soutenu par deux pentes inversées 1 x 2 insérées dans le mur. Au-dessus de la fenêtre, une arche 1 x 6 est verrouillée au mur par une plaque 2 x 6, tandis que des pentes forment un auvent.

LA MAISON DÉPAREILLÉE

Une plaque 2 x 6 blanche dans le mur soutient les six petites demi-arches et les tuiles 1 x 2 assorties de cet auvent rayé.

Une rangée de tuiles couronne les murs.

Une plaque 2 x 10 dans le mur crée une rayure.

Les volets s[...] fixés aux bri[...] par des pin[...]

LA NOUVELLE PEINTURE DES VOISINS EST EXQUISE.

La maison dépareillée

Cette maisonnette qui regorge de détails est entourée de fleurs de toutes les tailles. Ses murs et ses fenêtres sont tous construits différemment : chaque côté offre quelque chose de nouveau.

Motif décoratif en briques texturées 1 x 2 tournées horizontalement et verticalement.

Les fleurs se composent de plaques rondes 1 x 1 empilées, fixées à des plaques de fleurs.

Une alternance de plaques 1 x 2 à barre fixe et de plaqu[...] 1 x 1 à anneau horizontal.

Les panneaux muraux

L'arrière de chaque panneau se compose de briques normales et SNOT. Une plaque recouverte de pentes est ensuite fixée aux plots SNOT.

Le panneau vient s'insérer dans cet espace laissé dans la structure du bâtiment.

Les murs font deux plots de large pour accueillir les sections encastrées.

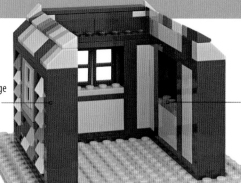

Les fenêtres ont des rebords intérieurs colorés.

VUE ARRIÈRE

Le toit est composé de pentes 1 x 1 et 2 x 2

La maison multicolore

La façade avant de cette maison en bois est tout ce qu'il y a de plus classique. Mais ses côtés révèlent une explosion de couleurs, grâce à un arc-en-ciel de pentes encastrées dans les murs et le toit.

De ce côté, les panneaux muraux présentent des pentes 1 x 1 colorées.

De ce côté, les pentes 1 x 1 sont toutes beiges.

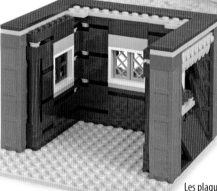

La maison à écailles

Avec ses murs en bardeaux disposés comme des écailles et ses ornements acérés comme des crocs, cette maison pourrait être occupée par un dragon civilisé ! Ses coins sont des piles de caisses 2 x 2, et des jardinières décorent les fenêtres.

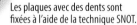

Les plaques avec des dents sont fixées à l'aide de la technique SNOT.

VUE ARRIÈRE

Des bardeaux aux murs

Des tuiles disposées en bardeaux sont fixées aux plaques 1 x 2 à barres du mur. Deux briques séparent chaque niveau.

Les murs font trois plots de profondeur pour laisser de la place aux bardeaux.

La rangée inférieure de bardeaux est plus proéminente que les autres.

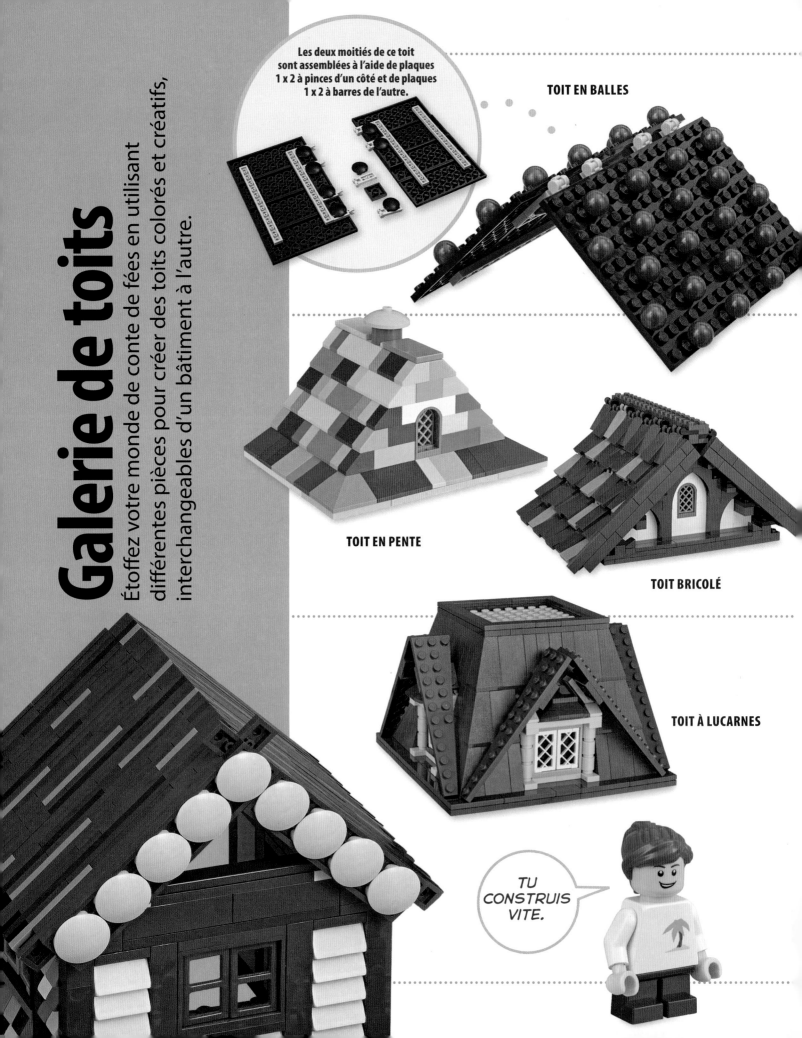

Galerie de toits

Étoffez votre monde de conte de fées en utilisant différentes pièces pour créer des toits colorés et créatifs, interchangeables d'un bâtiment à l'autre.

Les deux moitiés de ce toit sont assemblées à l'aide de plaques 1 x 2 à pinces d'un côté et de plaques 1 x 2 à barres de l'autre.

TOIT EN BALLES

TOIT EN PENTE

TOIT BRICOLÉ

TOIT À LUCARNES

TU CONSTRUIS VITE.

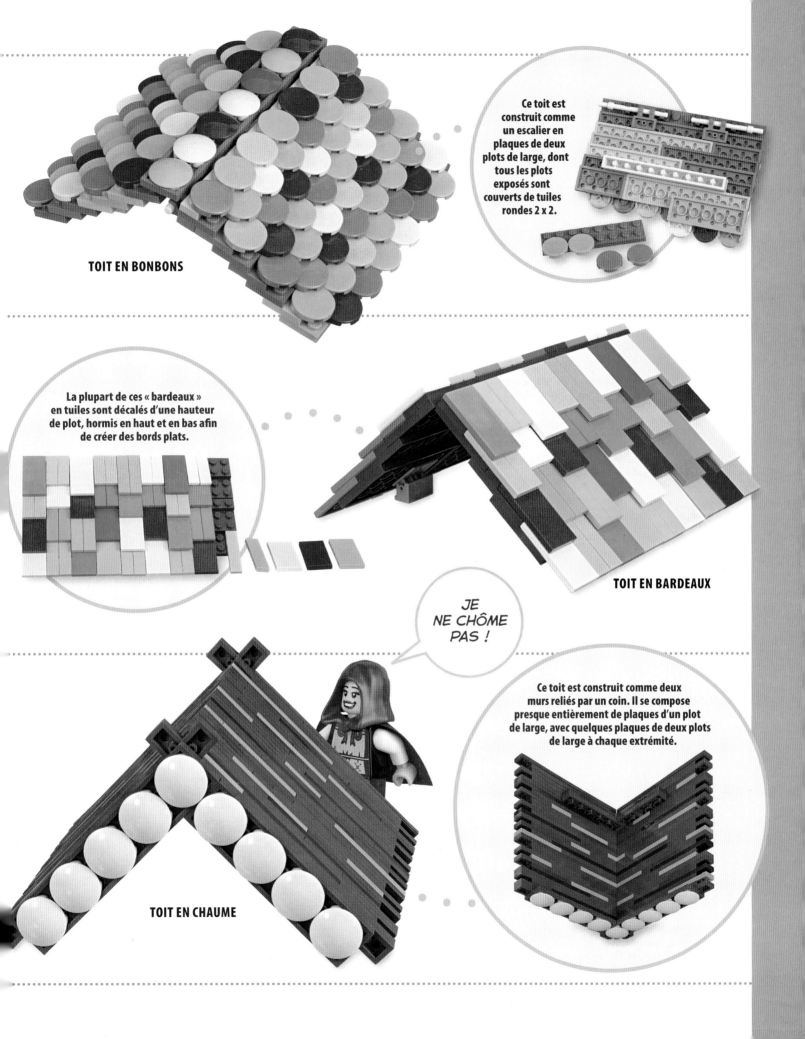

TOIT EN BONBONS

Ce toit est construit comme un escalier en plaques de deux plots de large, dont tous les plots exposés sont couverts de tuiles rondes 2 x 2.

La plupart de ces « bardeaux » en tuiles sont décalés d'une hauteur de plot, hormis en haut et en bas afin de créer des bords plats.

TOIT EN BARDEAUX

JE NE CHÔME PAS !

Ce toit est construit comme deux murs reliés par un coin. Il se compose presque entièrement de plaques d'un plot de large, avec quelques plaques de deux plots de large à chaque extrémité.

TOIT EN CHAUME

Palissades et chemins

Alice quitte le village cubique et son pays de conte de fées s'étend sous ses yeux. Quel chemin empruntera-t-elle et jusqu'où ira-t-elle ? Elle n'a que l'embarras du choix… et vous aussi !

Ces fleurs sont en fait des [...]
symbolisant trois boules d[...]

Insérez des briques SNOT au bord du chemin pour le décorer de fleurs et de plantes.

Le sentier

Ce sentier bien tracé se compose de plusieurs types de sol. Pour le créer, construisez un mur incurvé à partir de bûches, avant de le coucher sur le côté.

La clôture de fleurs

Rendez une clôture ou un mur plus agréable à l'œil en le couronnant de fleurs. Dans un pays de conte de fées, les fleurs peuvent ressembler à n'importe quoi !

Ces doubles strates de plaques cachent et verrouillent les plaques à charnière.

Des rangées de bûches 1 x 2 et 1 x 4 en quinconce créent une courbe.

Créez des blocs de couleur irréguliers pour donner l'illusion de tas de terre.

Des tuiles rondes 2 x 2 font office de rochers.

Donnez du relief à votre modèle avec des briques à motifs, texturées, des bûches et des tuiles fixées à des briques à plots latéraux.

Des plaques en escalier forment les rampes latérales.

Les pavés de bonbons

Dans ce pays, les pavés et les cailloux sont aussi acidulés que des bonbons. Un chemin sinueux serpente encore plus à l'aide de charnières.

Des plaques à charnière invisible fixées aux coins du chemin permettent de changer sa forme.

Suivez la forme du chemin avec des plaques droites et incurvées.

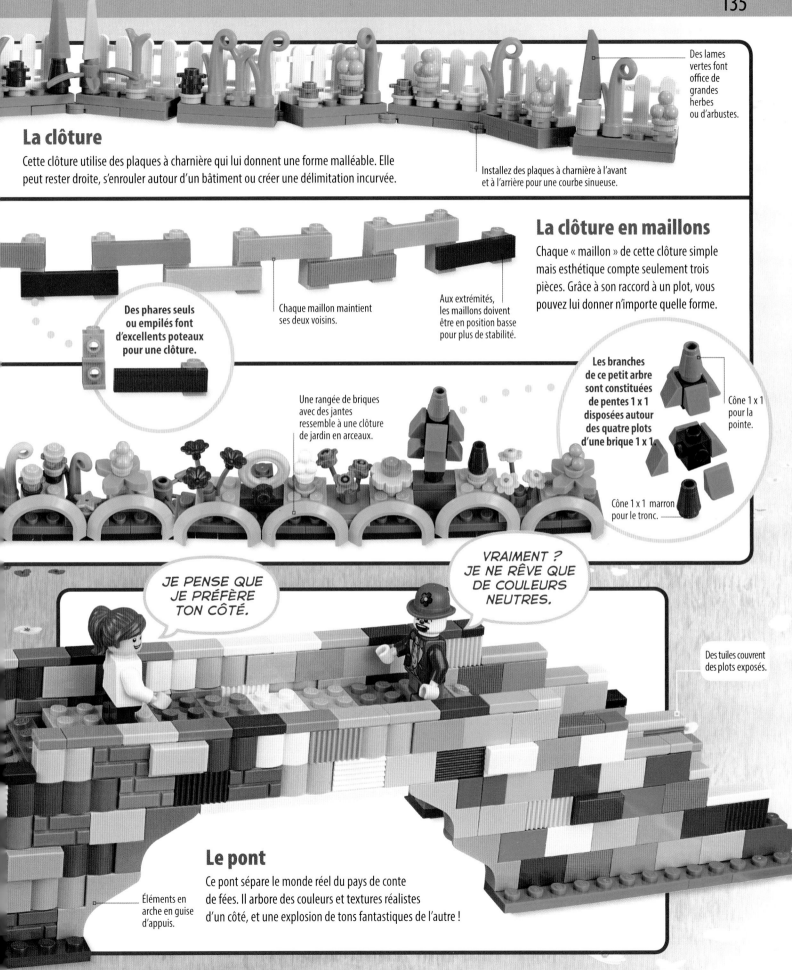

La clôture

Cette clôture utilise des plaques à charnière qui lui donnent une forme malléable. Elle peut rester droite, s'enrouler autour d'un bâtiment ou créer une délimitation incurvée.

Des lames vertes font office de grandes herbes ou d'arbustes.

Installez des plaques à charnière à l'avant et à l'arrière pour une courbe sinueuse.

La clôture en maillons

Chaque « maillon » de cette clôture simple mais esthétique compte seulement trois pièces. Grâce à son raccord à un plot, vous pouvez lui donner n'importe quelle forme.

Des phares seuls ou empilés font d'excellents poteaux pour une clôture.

Chaque maillon maintient ses deux voisins.

Aux extrémités, les maillons doivent être en position basse pour plus de stabilité.

Les branches de ce petit arbre sont constituées de pentes 1 x 1 disposées autour des quatre plots d'une brique 1 x 1.

Cône 1 x 1 pour la pointe.

Cône 1 x 1 marron pour le tronc.

Une rangée de briques avec des jantes ressemble à une clôture de jardin en arceaux.

JE PENSE QUE JE PRÉFÈRE TON CÔTÉ.

VRAIMENT ? JE NE RÊVE QUE DE COULEURS NEUTRES.

Des tuiles couvrent des plots exposés.

Le pont

Ce pont sépare le monde réel du pays de conte de fées. Il arbore des couleurs et textures réalistes d'un côté, et une explosion de tons fantastiques de l'autre !

Éléments en arche en guise d'appuis.

La cascade

Construire une rivière entière peut sembler fastidieux, mais vous pouvez y parvenir en la construisant section par section. Cette cascade peut être un modèle autonome ou la première partie d'une rivière de conte de fées, que vous trouverez page suivante !

C'EST PARTI !

Rapprochez les côtés lisses de deux plaques d'angle pour obtenir une base en diagonale.

1 ▸ La base de la rivière

Créez une base plate sur laquelle construire votre rivière, à l'aide de plaques d'angle pour des courbes naturelles. Placez quelques bases identiques bout à bout, et voici le début de votre cours d'eau.

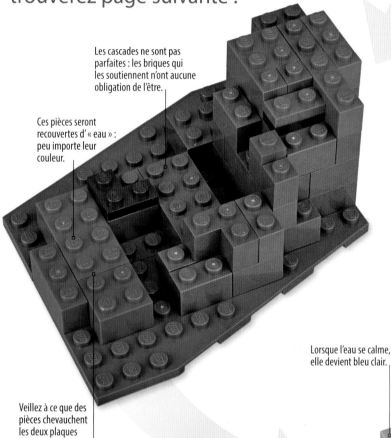

Les cascades ne sont pas parfaites : les briques qui les soutiennent n'ont aucune obligation de l'être.

Ces pièces seront recouvertes d'« eau » : peu importe leur couleur.

Veillez à ce que des pièces chevauchent les deux plaques d'angle pour les verrouiller.

2 ▸ Une petite falaise

Utilisez des briques et des plaques pour construire le fond de la rivière, en verrouillant les plaques de base. Puisque cette rivière commence par une cascade, créez une haute structure en briques à une extrémité.

Des pièces blanches symbolisent de l'écume bouillonnante.

Lorsque l'eau se calme, elle devient bleu clair.

3 ▸ La cascade

L'eau de la cascade se compose de demi-arches incurvées disposées en escalier. Utilisez du bleu pour l'eau tranquille de la rivière, et du blanc pour l'écume de la cascade.

Des arches irrégulières rendent la cascade encore plus crédible.

Les plots de l'eau sont cachés par des tuiles.

4 La berge

Utilisez des pentes et des briques grises pour former les côtés rocheux de la cascade, et des bûches pour une berge boueuse. Les plots au sommet de ces briques doivent rester apparents pour sembler rocheux et bruts.

Demi-arche incurvée

L'eau qui dévale les rochers se compose de plusieurs rangées individuelles de briques, plaques, tuiles et demi-arches incurvées.

Plaque 1 x 4

Cette plaque à charnière peut servir à fixer davantage de sections de rivière et de berge.

Des bûches marron cachent aussi les côtés de la rivière.

OÙ EST MON MAILLOT DE BAIN ?

5 Et au milieu coule une rivière

Maintenant que vous avez construit une cascade, construisez d'autres sections pour laisser votre rivière de conte de fées couler aussi longtemps que vous le souhaitez. Pour l'eau, essayez plusieurs techniques : tournez la page afin de découvrir une foule d'idées pour imiter le rendu de l'eau avec vos briques LEGO®.

Les briques de la berge chevauchent les raccords entre les deux sections de la rivière.

Découvrez cette technique page suivante.

Des plaques 1 x 2 cachent la plaque charnière dans la berge.

Une plaque à charnière vous permet d'assembler chaque section du modèle tout en modifiant le lit de la rivière pour le rendre plus sinueux.

La rivière de conte de fées

Vous n'avez que l'embarras du choix pour simuler le rendu de l'eau avec vos briques LEGO, et dans un pays de conte de fées, une rivière peut avoir autant de textures que vous le souhaitez.
Cette rivière en présente quelques-unes.

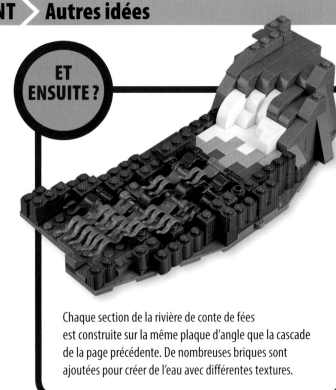

ET ENSUITE ?

Chaque section de la rivière de conte de fées est construite sur la même plaque d'angle que la cascade de la page précédente. De nombreuses briques sont ajoutées pour créer de l'eau avec différentes textures.

Les flots bleus

Sans crier gare, cette rivière magique passe de courants tranquilles à des rapides furieux. À chaque nouvelle technique de construction de la rivière, une plaque charnière relie les deux sections.

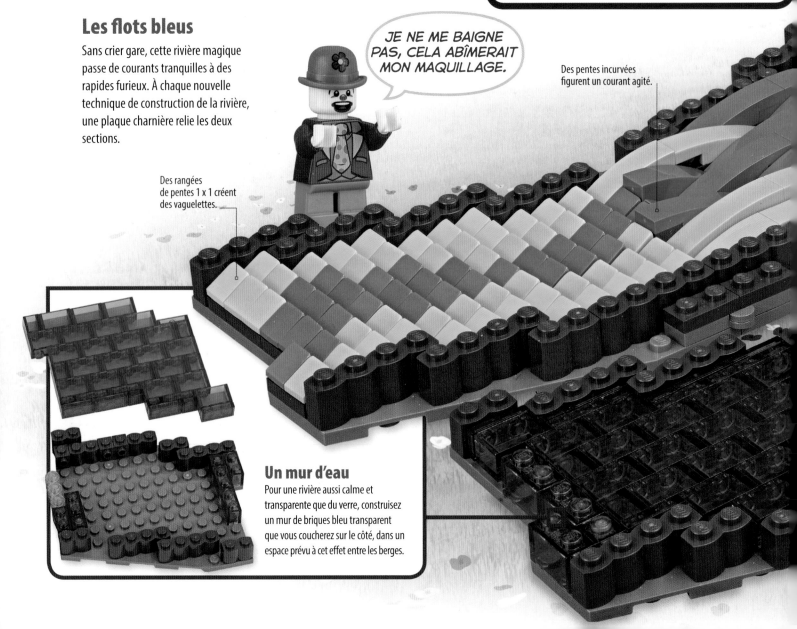

JE NE ME BAIGNE PAS, CELA ABÎMERAIT MON MAQUILLAGE.

Des pentes incurvées figurent un courant agité.

Des rangées de pentes 1 x 1 créent des vaguelettes.

Un mur d'eau

Pour une rivière aussi calme et transparente que du verre, construisez un mur de briques bleu transparent que vous coucherez sur le côté, dans un espace prévu à cet effet entre les berges.

Les bannières sont toutes orientées dans la même direction.

Pour les rapides, enfilez des bannières bleues sur des tiges ou des barres et fichez-les sur les briques de la berge avec des plots creux.

C'EST LA MEILLEURE FAÇON DE LAVER MES VÊTEMENTS !

QUI OSE SE BAIGNER DANS MA RIVIÈRE ?

Utilisez des pièces bleu foncé pour la partie la plus profonde de la rivière, et bleu clair pour les autres.

L'eau bouillonne ici grâce aux plots qui surmontent des plaques rondes 2 x 2 et 1 x 1 transparentes.

Une pente douce

Pour représenter de l'eau qui s'écoule doucement, superposez briques bleues et tuiles lisses bleu transparent à pince. Créez une pente en ajoutant une ou deux plaques sous les briques bleues.

Abaissez la brique de la hauteur d'une plaque pour laisser de l'espace pour la pince.

Galerie de fleurs

Des fleurs par-ci, des fleurs par-là... Cette forêt est remplie de fleurs magiques et mystérieuses ! Imaginez vos propres fleurs délirantes en associant des pièces LEGO originales avec un grain de folie.

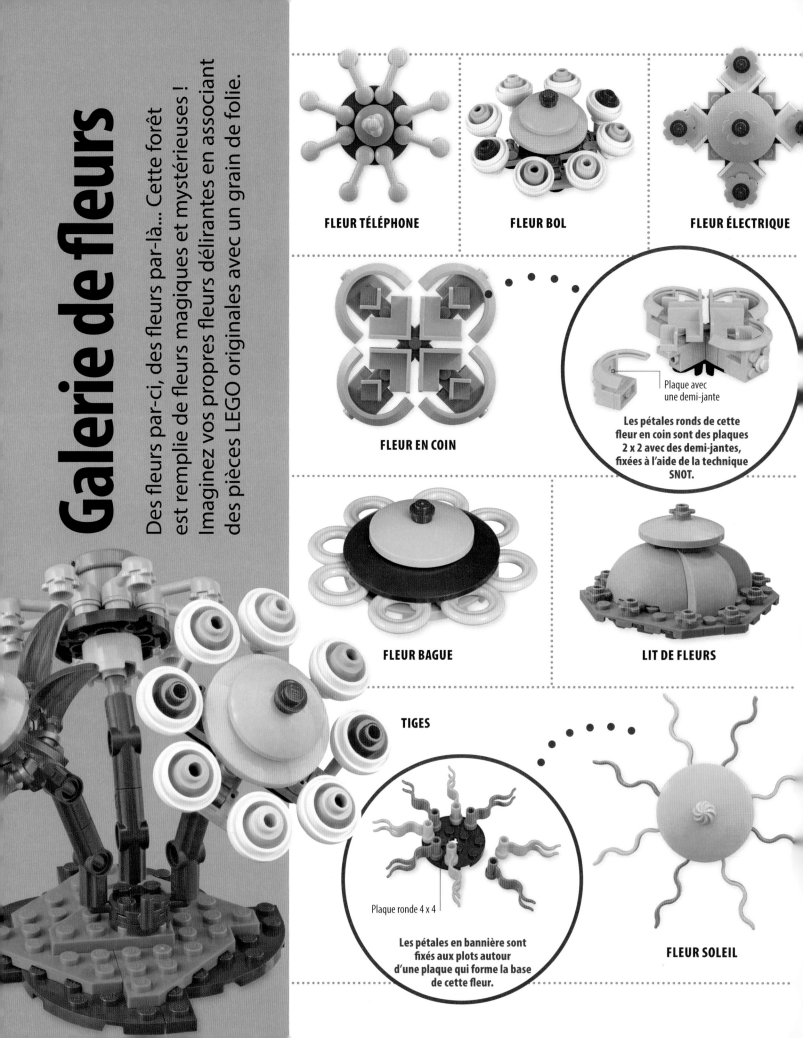

FLEUR TÉLÉPHONE

FLEUR BOL

FLEUR ÉLECTRIQUE

FLEUR EN COIN

Plaque avec une demi-jante

Les pétales ronds de cette fleur en coin sont des plaques 2 x 2 avec des demi-jantes, fixées à l'aide de la technique SNOT.

FLEUR BAGUE

LIT DE FLEURS

TIGES

Plaque ronde 4 x 4

Les pétales en bannière sont fixés aux plots autour d'une plaque qui forme la base de cette fleur.

FLEUR SOLEIL

FLEUR PANIER

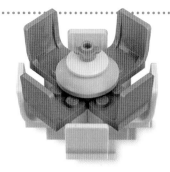

FLEUR CHAISE

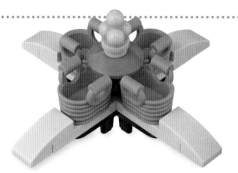

FLEUR PANIER ET BALLES

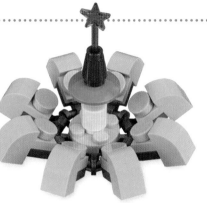

FLEUR MAGIQUE

FLEUR BROSSE À CHEVEUX

FLEUR VIGNE

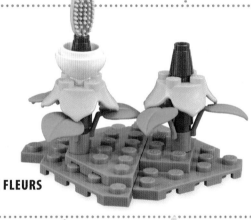

PARTERRES DE FLEURS

FLEUR ASSIETTE

ROSEAU BOL

ROSEAU SERPENT

ROSEAU PLANCHE DE SURF

Créatures féeriques

Alors qu'elle marche dans sa forêt de conte de fées, Alice rencontre des créatures fantastiques, comme des papillons géants et de minuscules dragons. Quels autres animaux merveilleux allez-vous rencontrer dans votre forêt enchantée ?

Le papillon géant

Alice n'en croit pas ses yeux : ce papillon est gigantesque ! Il est déjà grand pour une construction taille réelle, mais par rapport à une figurine, il est colossal ! Utilisez des arches et des pentes pour former les ailes, et des briques et des plaques pour les décorer de motifs uniques.

Des antennes… pour les antennes !

Vous pouvez utiliser n'importe quelles couleurs pour votre papillon : plus elles sont vives, mieux c'est !

Une plaque 1 x 2 verrouille les pentes incurvées inversées.

Une demi-arche permet de créer un bord incurvé.

Sur les ailes, des briques à barre verticale s'encastrent dans deux pinces au niveau du corps.

Le corps du papillon

Le corps de ce papillon se compose principalement d'une pile de plaques et briques 1 x 2, avec des plaques 1 x 1 à pince pour fixer les poignées aux ailes. De petites équerres à l'avant et à l'arrière offrent des plots sur lesquels fixer les pentes incurvées.

Créez les ailes avec des briques à trous ronds dans lesquelles vous ficherez les plots de briques rondes 1 x 1 pour créer des détails colorés en 3D.

Une charnière à barre et pince fixe la pointe de l'aile.

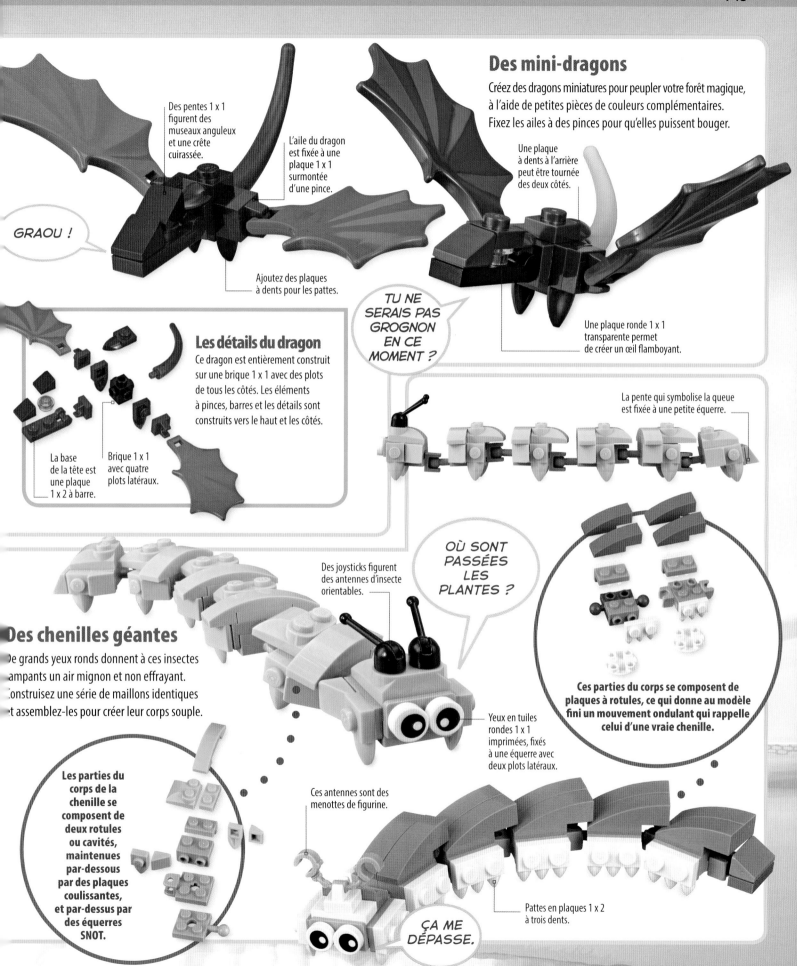

Des mini-dragons

Créez des dragons miniatures pour peupler votre forêt magique, à l'aide de petites pièces de couleurs complémentaires. Fixez les ailes à des pinces pour qu'elles puissent bouger.

Des pentes 1 x 1 figurent des museaux anguleux et une crête cuirassée.

L'aile du dragon est fixée à une plaque 1 x 1 surmontée d'une pince.

Une plaque à dents à l'arrière peut être tournée des deux côtés.

GRAOU !

Ajoutez des plaques à dents pour les pattes.

TU NE SERAIS PAS GROGNON EN CE MOMENT ?

Une plaque ronde 1 x 1 transparente permet de créer un œil flamboyant.

Les détails du dragon

Ce dragon est entièrement construit sur une brique 1 x 1 avec des plots de tous les côtés. Les éléments à pinces, barres et les détails sont construits vers le haut et les côtés.

La base de la tête est une plaque 1 x 2 à barre.

Brique 1 x 1 avec quatre plots latéraux.

La pente qui symbolise la queue est fixée à une petite équerre.

OÙ SONT PASSÉES LES PLANTES ?

Ces parties du corps se composent de plaques à rotules, ce qui donne au modèle fini un mouvement ondulant qui rappelle celui d'une vraie chenille.

Des chenilles géantes

De grands yeux ronds donnent à ces insectes rampants un air mignon et non effrayant. Construisez une série de maillons identiques et assemblez-les pour créer leur corps souple.

Des joysticks figurent des antennes d'insecte orientables.

Yeux en tuiles rondes 1 x 1 imprimées, fixés à une équerre avec deux plots latéraux.

Les parties du corps de la chenille se composent de deux rotules ou cavités, maintenues par-dessous par des plaques coulissantes, et par-dessus par des équerres SNOT.

Ces antennes sont des menottes de figurine.

ÇA ME DÉPASSE.

Pattes en plaques 1 x 2 à trois dents.

L'arbre-toboggan

Imaginez tout ce que vous pouvez ajouter aux arbres d'une forêt de conte de fées. Pourquoi pas une maison de fée, ou un nid de dragons ? Ou un toboggan magique pour dévaler les plus grands arbres de la forêt ?

Le nid d'aigle

Au sommet du toboggan se trouve une plateforme à rambarde pour prendre de la hauteur et admirer toute la forêt. Elle se compose de trois plaques en quart de cercle 4x4 et de plaques rectangulaires pour accueillir parfaitement le début du toboggan.

Les rambardes de sécurité sont des grilles droites et incurvées.

Des tuiles 1 x 2 assemblent les rambardes.

Le haut du toboggan est au même niveau que la plateforme.

Un cône 1 x 1 simule la pointe d'une branche.

Les feuilles peuvent être dispersées tout autour du tronc, ou rassemblées en feuillage épais.

Mélangez plusieurs couleurs pour un rendu réaliste.

Construire des branches

Grâce à des cylindres à charnière LEGO Technic, maintenus par de petits essieux, vous pouvez créer des branches qui semblent pousser dans toutes les directions, comme un vrai arbre. Les feuilles sont maintenues par des barres, fichées dans des broches LEGO Technic à plots creux.

Une broche LEGO® Technic relie la barre au trou du cylindre à charnière.

Des briques à trous relient les branches au tronc.

Dans les arbres

Un arbre comme celui-ci utilise de nombreuses pièces LEGO : heureusement, nous sommes dans une forêt magique et les couleurs n'ont pas besoin d'être assorties ! Renforcées par des arches incurvées, les pièces de toboggan sorties tout droit d'ensembles LEGO® Friends descendent en spirale autour du grand tronc, chacune reliée à la suivante pour une longue glissade tout en douceur.

Le haut de chaque pièce de toboggan est aligné au bas de la suivante.

WOUHOU !!

Une grande plaque de base équilibre ce modèle tout en hauteur.

Décorez le sol avec des plaques rondes et des tuiles en guise de pierres.

Les amanites sont de petites antennes satellites sur un cône 1 x 1.

Une section de tronc

Chaque section du tronc rond et lisse se compose d'une alternance de grands demi-cylindres 2 x 4 et de strates de briques. Des demi-arches partent de chaque strate de briques pour soutenir les pièces du toboggan.

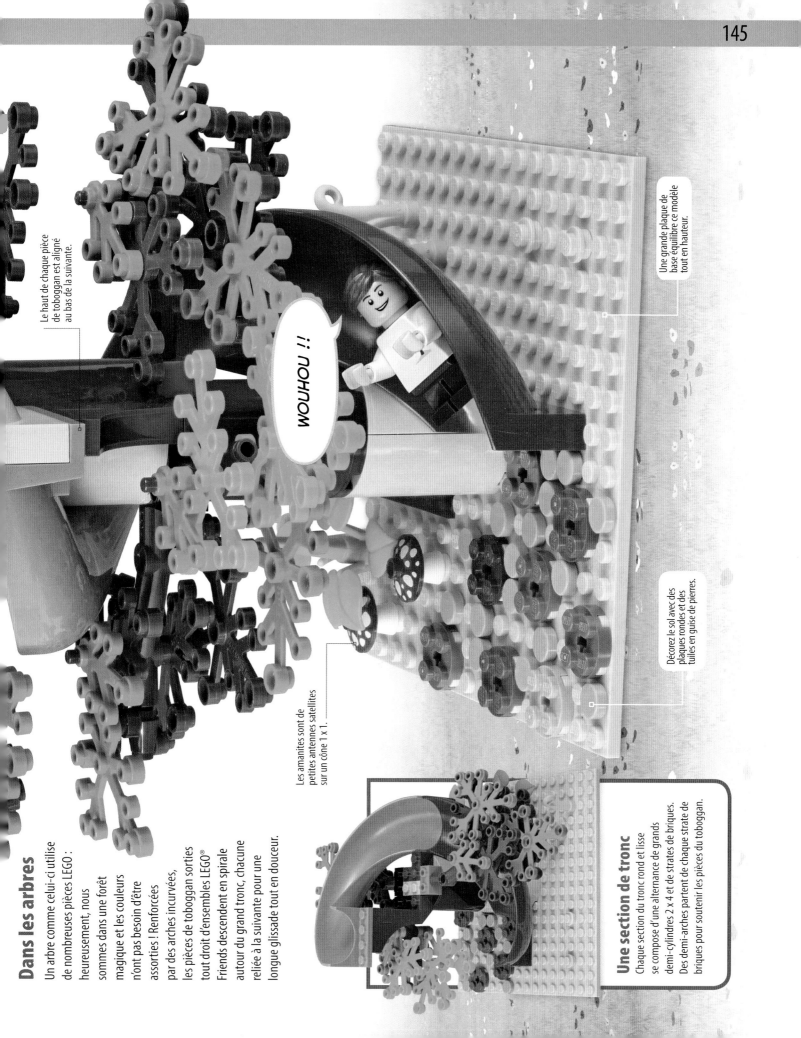

Utilisez deux rambardes incurvées pour créer un demi-cercle, ou une seule pour un quart de cercle.

La maison dans les arbres

Dans un arbre immense de la forêt de conte de fées d'Alice se trouve une superbe maison. Elle a été construite au milieu de l'arbre...

Une maison dans un tronc

Utilisez des briques et des arches incurvées marron pour construire un tronc solide pour votre maison dans les arbres. Soutenez les planches des plateformes par en dessous, et empêchez vos pièces de tomber en les verrouillant avec de nombreuses plaques qui se chevauchent. Ajoutez des touches décoratives comme des meubles, des terrasses avec des rambardes et un escalier avec des pots de fleurs.

Le couloir mène à un toboggan.

JE M'AMUSE COMME UN FOU !

Le salon

Au pied du tronc se trouve une pièce chaleureuse avec un canapé, une étagère, des tiroirs et un évier. Le plancher à motifs mélange des tuiles lisses avec des plaques cyclopes 2 x 2 dont les plots permettent aux figurines de se tenir debout.

L'arbre modulaire

Les trois sections de l'arbre ont été construites séparément. Leur sommet est couronné de tuiles avec seulement quelques plots, afin de pouvoir les démonter et jouer avec.

Les murs en briques du tronc sont construits en quinconce pour les stabiliser.

Branches faites de cylindres à charnière LEGO® Technic, de cônes 1 x 1 et de feuilles reliées par des broches et des barres.

Chaque pot de fleurs est fixé à une plaque cyclope 1 x 2 sur une brique 1 x 2.

Un petit escalier en plaques 1 x 4 avec un plot à chaque extrémité mène au balcon.

Des arches inversées en quinconce créent des racines aux formes réalistes.

Un chemin en gravier, fait de plaques et de tuiles rondes, mène à la porte d'entrée.

VUE EN ÉCLATÉ

Les remparts du château

Bam ! Dans quoi Alice vient-elle de se cogner ? Mais ce sont les remparts d'un superbe château ! Construisez votre château de conte de fées en commençant par un rempart arc-en-ciel.

C'EST PARTI !

Les plaques verrouillent les briques qu'elles encadrent.

Des briques incurvées créent des pieds lisses et sans plot.

1 ▸ Des fondations fantastiques

Comment construire un rempart solide ? Commencez par une fondation résistante en briques de deux plots de large... et ajoutez des pieds pour qu'elle tienne debout ! Des strates de plaques créent de jolies rayures.

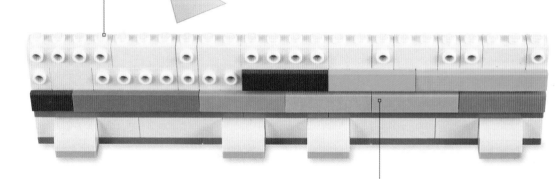

2 ▸ Des plots et des tuiles

Construisez le mur vers le haut avec des briques d'un plot de large. Utilisez des briques avec des plots SNOT, tous orientés dans le même sens, pour pouvoir décorer l'avant et laisser l'arrière nu. Sur les plots, fixez des tuiles colorées en quinconce.

Vous pouvez utiliser des briques 1 x 1, 1 x 2 ou 1 x 4 avec des plots latéraux.

Veillez à fixer chaque tuile à au moins deux plots pour qu'elle ne tombe pas.

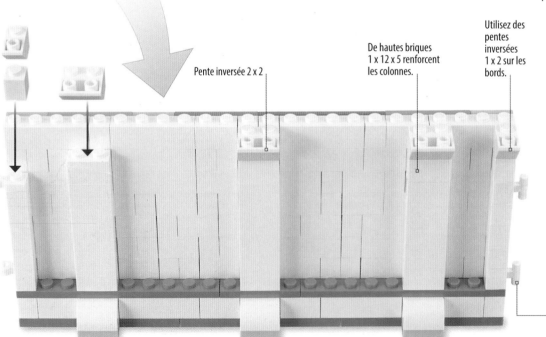

Pente inversée 2 x 2

De hautes briques 1 x 12 x 5 renforcent les colonnes.

Utilisez des pentes inversées 1 x 2 sur les bords.

3 ▸ Les piliers et les raccords modulaires

À l'arrière du mur, empilez des briques 1 x 2 en colonnes sur chaque pied tourné vers l'arrière, en les coiffant de pentes inversées. Construisez des piles 1 x 1 identiques de chaque côté, en intégrant des plaques à pinces à une extrémité, et des briques à barre fixe de l'autre.

Alignez les pinces et les poignées de façon à pouvoir les assembler si deux murs se trouvent à côté.

4 Le chemin de ronde

À l'aide d'une strate de plaques, verrouillez les briques au sommet du mur avec les pentes inversées qui soutiennent les colonnes. Sur cette strate, fixez une rangée de plaques de quatre plots de large pour créer un large chemin de ronde.

Une rangée supplémentaire de plaques d'un plot de large crée une base lisse et plus large pour le chemin de ronde.

Le chemin de ronde dépasse du bord du mur sur un plot de large.

CES REMPARTS ONT INTÉRÊT À ÊTRE SOLIDES !

Vous pouvez lui donner un revêtement en tuiles, mais avec des plots, vos figurines tiendront mieux debout.

Pour un mur en pierre plus réaliste, remplacez ces tuiles arc-en-ciel par des tuiles grises. Utilisez un camaïeu de gris pour simuler différents types de pierres.

Les plots sur le parapet ressemblent aux blocs de pierre de vraies murailles.

5 Le parapet

La touche finale est un petit parapet en briques d'un plot de large à l'avant du chemin de ronde. Les gardes du château ne peuvent pas tomber dans le vide et peuvent se cacher en cas d'attaque ennemie !

D'autres remparts

Grâce aux pinces et aux barres de chaque côté de votre mur, vous pouvez construire plusieurs segments de rempart et les assembler pour créer un château. Créez des segments assortis ou mélangez des constructions dépareillées.

ET ENSUITE ?

Chacun de ces remparts est construit sur les mêmes fondations que celles des pages précédentes. La seule différence réside dans la technique de construction !

Le mur de tiroirs

Vous connaissez les tiroirs : pourquoi ne pas en créer un mur entier ? Ce mur alterne des colonnes en briques d'un plot de large avec des tiroirs et placards LEGO fonctionnels. C'est l'endroit idéal pour cacher vos trésors ou vos réserves de carottes !

Un parapet de pentes incurvées couronne le rempart.

Pas besoin de couvrir tout le mur de tiroir : quelques espaces vides ajoutent de la profondeur et des détails visuels.

Utilisez de hautes briques en colonne ou des piles de petites briques.

Des sections deux fois plus épaisses renforcent le mur.

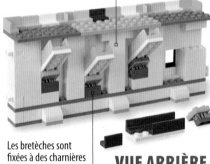

Les bretèches sont fixées à des charnières en deux parties.

VUE ARRIÈRE

Plaque 4 x 4 trouée.

Les bretèches

Sur ce mur, des bretèches semblables à des toboggans permettent aux soldats de votre château de faire tomber des pierres sur des attaquants... ou de jeter de la nourriture à leurs animaux bien-aimés. Construisez-les avec de petits panneaux muraux sur des plaques, maintenus par une charnière à clip.

Le mur en arches

Les briques blanches de ce mur sont en retrait d'une rangée de plots par rapport aux fondations, ce qui laisse de la place à un motif grillagé de demi-arches incurvées. Au sommet, le rail du parapet se compose de demi-arches plus petites mais de même forme.

Choisissez des arches monochromes, ou associez plusieurs couleurs.

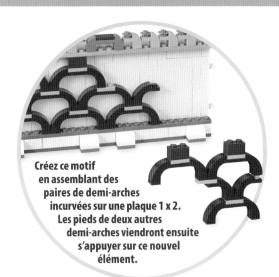

Créez ce motif en assemblant des paires de demi-arches incurvées sur une plaque 1 x 2. Les pieds de deux autres demi-arches viendront ensuite s'appuyer sur ce nouvel élément.

Décoration en plaque de fleurs 1 x 1.

Utilisez des plaques rondes ou carrées 1 x 1 pour assembler les arches au bord du mur.

Des demi-arches incurvées verrouillées par une tuile 1 x 2 forment un rempart.

Chaque « maille » de ce mur qui évoque un tissage est un assemblage de pentes incurvées sur une plaque.

Utilisez des pentes incurvées de toutes tailles pour créer des « mailles » plus ou moins longues.

Le mur tissé

Ce mur utilise des pentes incurvées pour créer des mailles tout en rondeurs. Elles sont fixées à des plaques SNOT et placées en quinconce pour rappeler la texture d'un panier en osier.

D'autres remparts (suite)

Insérez les briques de couleur dans un second mur derrière le premier, en veillant à verrouiller soigneusement les deux.

Des briques blanches comblent les espaces entre les châssis de fenêtre.

Créez une structure en quinconce en alignant des briques à plots latéraux en rangées égales, avant de fixer les tuiles en haut ou en bas.

Un mur de cadres

Des cadres blancs et vides, de toutes tailles et formes, avec pour toile de fond des blocs de briques colorées, font de ce mur une œuvre à la manière de Piet Mondrian. Un chemin de ronde lisse avec un parapet grillagé met en valeur ce style classique mais coloré.

Les cadres peuvent être carrés ou rectangulaires.

Assemblez de longues tuiles avec des équerres 1 x 2 inversées pour le parapet.

Le mur en tuiles

Créez un motif en tuiles en fixant des tuiles carrées 2 x 2 sur les rangées de briques à plots SNOT de votre mur. Pour plus de texture et de variété, ajoutez des plaques cyclopes 2 x 2 à plot central.

Mur avec un renfoncement d'un plot.

QUEL EST LE MOT DE PASSE ?

Rambarde faite de tuiles fixées à des briques 1 x 1 à plots latéraux.

Pour fixer les paniers, construisez un mur avec une strate de plaques en laissant des espaces d'un plot de large pour les insérer.

DE PASSE !

Si vous n'avez pas de panier, fixez des petits panneaux muraux et des panneaux de coin sur une pente inversée pour créer une boîte.

Le mur en pots de fleurs

Voici une idée originale : un rempart décoré de pots de fleurs ! Espacez les paniers pour laisser de la place à de petits accessoires. Remplissez-les de fleurs, ou placez un élément différent dans chacun.

Les arches forment un surplomb au-dessus des panneaux muraux.

Petite pente inversée.

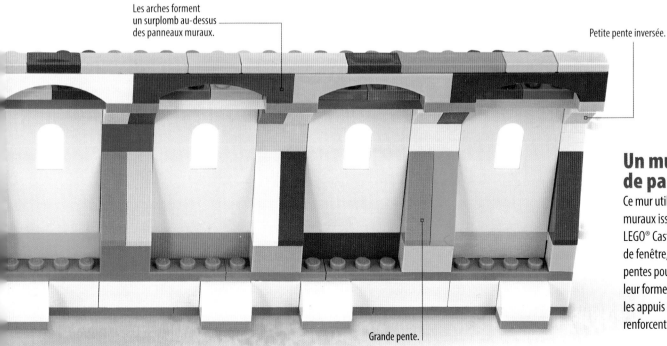

Grande pente.

Un mur de panneaux

Ce mur utilise des panneaux muraux issus d'un ensemble LEGO® Castle avec des châssis de fenêtre, séparés par des pentes pour plus de solidité. Avec leur forme qui va en s'affinant, les appuis stabilisent et renforcent le chemin de ronde.

La tour du château

L'étape suivante dans la construction de votre château de conte de fées est l'élaboration d'une tour, comme celles qu'Alice voit au loin.

C'EST PARTI !

Ces pièces n'ont pas besoin d'être de la même couleur, puisqu'elles seront invisibles.

1 ▶ Des pièces en forme de A

Cette construction repose sur une plaque en forme de A. Formez tout d'abord un cercle en disposant huit plaques de ce type bout à bout. Utilisez ensuite huit plaques 2 x 3 pour les assembler et stabiliser la base de votre tour.

2 ▶ Les murs et parties rondes

Placez un panneau mural dans chaque « côté » du cercle, qui en compte huit. Fixez une plaque de fleurs 1x1 sous le coin inférieur de chaque panneau pour éviter tout interstice, et une brique ronde 1x1 sur chaque coin supérieur.

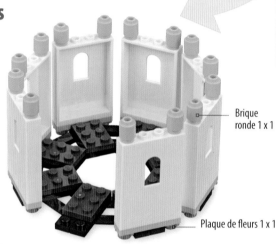

Brique ronde 1 x 1

Plaque de fleurs 1 x 1

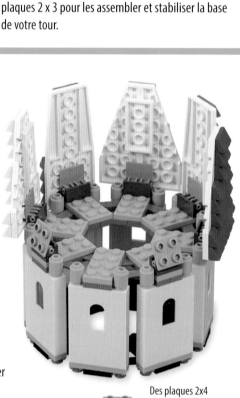

4 ▶ Un toit en cône

Pour construire le toit en cône, commencez par des plaques angulaires 3x8 (huit tournées vers la gauche et huit vers la droite). Sur des plaques 2 x 4, assemblez une pièce de chaque pour créer quatre arches incurvées angulaires 6 x 9. Utilisez des charnières à clip pour les disposer à intervalles réguliers, tous les deux panneaux. Remplissez les quatre espaces vides avec des arches incurvées angulaires 4 x 9 sur le même type de charnière.

Des plaques 2x4 et des charnières verrouillent les plaques triangulaires par-dessous.

3 ▶ Une tour en sandwich

Verrouillez solidement les murs en construisant un second cercle de huit plaques en A sur la structure pour créer une sorte de sandwich. Utilisez huit plaques 2 x 4 pour les verrouiller. La base de votre tour doit désormais être solide.

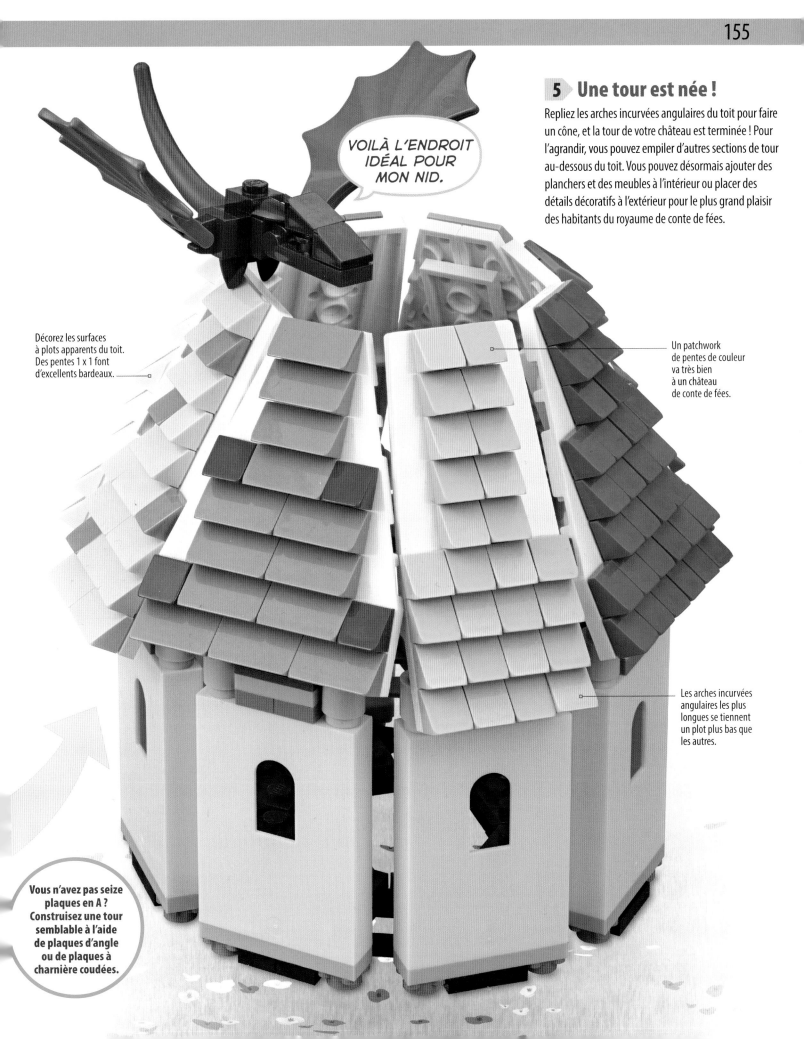

VOILÀ L'ENDROIT IDÉAL POUR MON NID.

5 ▸ Une tour est née !

Repliez les arches incurvées angulaires du toit pour faire un cône, et la tour de votre château est terminée ! Pour l'agrandir, vous pouvez empiler d'autres sections de tour au-dessous du toit. Vous pouvez désormais ajouter des planchers et des meubles à l'intérieur ou placer des détails décoratifs à l'extérieur pour le plus grand plaisir des habitants du royaume de conte de fées.

Décorez les surfaces à plots apparents du toit. Des pentes 1 x 1 font d'excellents bardeaux.

Un patchwork de pentes de couleur va très bien à un château de conte de fées.

Les arches incurvées angulaires les plus longues se tiennent un plot plus bas que les autres.

Vous n'avez pas seize plaques en A ? Construisez une tour semblable à l'aide de plaques d'angle ou de plaques à charnière coudées.

De jolies tours

Les autres tourelles du château ont été construites avec une myriade de techniques. Essayez des tours rondes, carrées, avec des fenêtres, des arches et des portes, voire avec des barques ! Utilisez des pinces et des barres pour les fixer aux murs de votre château.

ET ENSUITE ?

Pour votre château, vous avez découvert une première façon de construire une tour. Voici d'autres méthodes créatives.

LA TOUR EN BARQUE

LA TOUR HEXAGONALE

Si vous n'avez pas cette délicate roue dorée, utilisez une antenne satellite.

La tour en barque

Des barques LEGO décorées de mosaïques permettent de construire cette tour imposante avec ses arcs brisés gothiques. Autres détails : des colonnes délicates avec des coins en briques rondes et une flèche conique.

Deux grands demi-cônes surmontés de cônes 4 x 4 et 2 x 2.

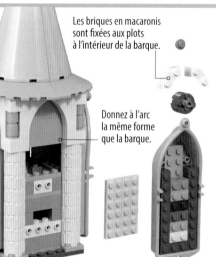

Les briques en macaronis sont fixées aux plots à l'intérieur de la barque.

Donnez à l'arc la même forme que la barque.

Des arcs brisés

Le fond de la barque est fiché contre une plaque 4 x 6. À l'aide de la technique SNOT, la plaque est ensuite attachée à des briques à plots latéraux présentes dans les renfoncements en arc brisé des murs de la tour.

La tour hexagonale

Cette tour repose sur une base semblable à une hélice, avec des plaques à trois pointes. Chacun de ses six côtés possède une porte, un auvent incurvé et une décoration.

Les rambardes rondes
sont des grilles incurvées.

LA TOUR EN MACARONIS

LA TOUR DE CONTE DE FÉES

LA FORTERESSE

La tour en macaronis

Associez de grandes briques macaronis de plusieurs
couleurs pour construire une tour ronde aux rayures
en spirale, comme un phare. À l'intérieur, une pile
de briques renforce la structure creuse.

Des plaques
octogonales
en haut et en bas.

Des demi-arches bleu clair
forment un arc brisé.

De hautes
briques 1 x 1 x 5
pour des appuis
d'angle solides.

La tour de conte de fées

Cette tour digne d'un livre d'images
possède des fenêtres arrondies
et une tourelle ouverte au sommet.
Chaque côté utilise les mêmes
techniques de construction,
mais avec des variations de briques
et de couleurs.

Grâce aux briques
charnières, cette
tour pourrait
avoir autant
de côtés que vous
le souhaitez.

Des saillies
comblent les
espaces entre
les côtés.

Des pentes
inversées
soutiennent
le mâchicoulis.

Les rebords de fenêtre
se composent d'une
rangée de plaques
1 x 1 avec des anneaux
horizontaux.

La forteresse

À l'exception de ses couleurs vives,
cette tour hexagonale pourrait faire
partie d'un fort médiéval. Ses côtés
sont assemblés par des charnières
et arborent des motifs de briques
blanches qui rappellent des pierres
angulaires apparentes.

Pour obtenir cet angle,
seules des pentes sont
nécessaires.

Détails du château

Tours, catapultes... Quels autres détails peuvent compléter la décoration de votre château de conte de fées ? Construisez une entrée monumentale pour accueillir les visiteurs… ou ornez la cour du château d'une incroyable fontaine à crème glacée !

Vous pouvez construire vos arches avec de petites pièces, mais une seule arche rendra votre modèle plus solide et lui permettra de supporter plus de poids.

Briques 1 x 2 avec trou d'essieu.

Plaque de fleurs 1 x 1 sur une brique ronde 1 x 1.

Rainures créées avec des briques 1 x 2 texturées tournées de chaque côté.

Le lierre se compose de feuilles fixées aux briques à plots latéraux.

Pour paver le sol de votre château, coiffez des plaques grises de plusieurs plaques et tuiles grises et marron.

Des pentes créent une base plus large et solide pour le corps de garde.

Utilisez des pentes pour les angles près du sommet.

Panneau mural 1 x 2

Plaque avec un rail

VUE LATÉRALE

Grâce à des pinces et des barres, assemblez le corps de garde aux murs et aux tours du château. Pour découvrir comment faire, rendez-vous pages 162-164.

Le pied de l'axe est inséré dans une brique ronde 2x2 pour le relier à la base de la fontaine.

La fontaine à crème glacée

La fontaine à crème glacée est coiffée de quatre quarts de dôme sur une plaque ronde 6 x 6. Soutenus par une pile de deux briques rondes 2 x 2 et d'une plaque, ils sont fichés sur un long essieu LEGO Technic, caché à l'intérieur d'un foret beige qui symbolise le cône.

Le corps de garde

Un corps de garde permet aux alliés de traverser le mur d'entrée du château. Veillez à ce qu'il soit assez haut et large pour que les cavaliers et les chariots puissent le franchir. Ajoutez des détails intéressants pour dynamiser ses murs, et donnez une allure naturelle au sol en ajoutant de la terre et des pierres.

La forme de cette fontaine à crème glacée n'est pas un hasard : lors des festivals, ses bassins sont remplis non pas d'eau, mais de crème glacée !

La fontaine

Une belle fontaine donne vie aux cours et aux places du monde de conte de fées. Il existe des centaines de façons d'en construire une. Commencez par un mur autour d'une base d'eau et ajoutez un piédestal au milieu.

JE SOUHAITE QU'IL S'AGISSE TOUJOURS D'UNE FONTAINE À CHOCOLAT.

Utilisez des briques bleues pour l'eau, ou insérez des pièces colorées dans la paroi de la fontaine pour représenter différents parfums de glace.

Plaques incurvées 4 x 4 pour la base.

Mur incurvé en grandes briques macaronis.

Placez les catapultes sur vos remparts, au sommet d'une tour ou sur le sol.

Vous pouvez aussi construire des parois plus hautes pour donner plus de mouvement au bras.

ON NE DEVRAIT PAS PLUTÔT FAIRE LIVRER NOS TARTES PAR COURSIER ?

Les tuiles servent de décoration et de contrepoids.

Une pente 1 x 2 aide à maintenir la paroi.

La catapulte à tartes

Dans le charmant pays de conte de fées, comment un château peut-il se défendre ? Avec une catapulte à tartes à la crème, évidemment ! Pour construire une catapulte LEGO fonctionnelle, associez une base solide à un bras lanceur. Voici comment faire !

1 La base et la plaque pivot

Commencez par une plaque de base large et stable. Construisez deux parois percées de trous ronds. Fichez deux broches LEGO Technic libres dans une plaque 2 x 2 avec des anneaux verticaux. Insérez l'une des broches dans le trou de chaque paroi, et fixez à la base les parois qui encadrent la plaque.

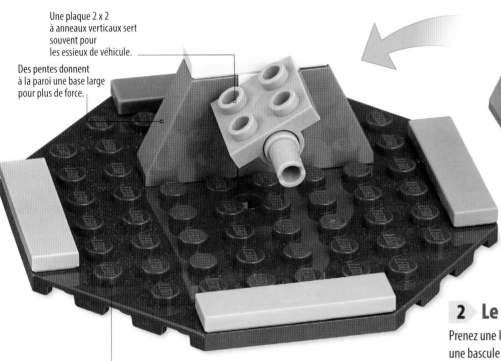

Une plaque 2 x 2 à anneaux verticaux sert souvent pour les essieux de véhicule.

Des pentes donnent à la paroi une base large pour plus de force.

Une base large empêche la catapulte de se renverser quand vous l'utilisez.

Utilisez des accessoires de tartes LEGO, ou créez vos délicieux projectiles avec des plaques et tuiles rondes 2 x 2.

2 Le bras et la bascule

Prenez une longue plaque et construisez une bascule d'un côté, en ajoutant des parois pour maintenir les tartes jusqu'au lancement. À l'autre extrémité, fixez une tuile lisse qui fera office de contrepoids.

Tuile ronde 2 x 2

Cette plaque de deux plots de large s'encastre dans la plaque pivot 2 x 2 fixée aux broches.

Bascule faite de quatre panneaux de coin 2 x 2 sur une plaque 4 x 4. Vous pouvez aussi utiliser quatre coins 1x1 et quatre panneaux muraux 1 x 2 pour créer cette forme.

3 Paré au lancement... FEU !

Enfin, fixez le bras lanceur à la plaque pivot entre les parois pour commencer à lancer vos tartes en appuyant sur la tuile-contrepoids. Essayez plusieurs configurations avec le bras et la plaque pour voir si vos tartes volent bien. Un long bras lanceur pourra projeter des tartes plus loin, mais un bras trop long sera plus dur à actionner. Exercez-vous jusqu'à trouver le bon équilibre !

Le château complet

Alice admire son château terminé aux couleurs et aux formes très variées. Elle n'a jamais rien vu d'aussi spectaculaire ! Sans perdre un instant, elle prend une grande inspiration et franchit le corps de garde. Qui sait quelles autres merveilles l'attendent de l'autre côté ?

Ajoutez des drapeaux de toutes les couleurs pour une décoration royale.

C'EST L'HEURE DE LANCER DES TARTES.

JE N'ARRIVERAI JAMAIS À FAIRE PARTIR CETTE GLACE DE MA FOURRURE.

OÙ EST PASSÉE TOUTE MA BANDE ?

Un château modulaire

Vous avez construit des murs, des tours et un corps de garde. Assemblez-les désormais pour créer votre château ! Grâce aux charnières placées sur toutes les sections modulaires, vous pouvez disposer vos remparts en cercle, en carré ou en étoile ! Placez la fontaine au milieu, et ajoutez des catapultes et tous les détails que vous aurez construits.

Séparez les sections et réarrangez-les à votre goût !

VERS L'INFINI ET AU-DELÀ !

CET ENDROIT EST UN VRAI CIRQUE.

TU VEUX UNE TARTE ?

LE MONDE RÉEL

L'astronaute Tech 4 de la colonie spatiale sur la planète Volga (voir le chapitre 1) se livrait à une exploration de routine quand il a été aspiré dans une dimension inconnue où tout est IMMENSE. Avant l'arrivée des secours, Tech 4 essaie de glaner des informations sur les objets géants qui l'entourent. Explorez cet étrange monde humain à ses côtés, et aidez-le à rapporter des pièces supplémentaires pour construire toujours plus grand !

Le téléphone portable

Quel est cet immense monolithe noir qui domine ce monde étrange ? C'est un téléphone portable grandeur nature !

C'EST PARTI !

Vous pouvez aussi assembler des petites plaques, en veillant à ce qu'elles soient bien verrouillées par les pièces qui les surmontent !

1 La technologie des briques

Pour construire un appareil rectangulaire et plat, commencez par une surface rectangulaire et plate. Une plaque 6x12 est une base idéale pour un élégant téléphone mobile noir.

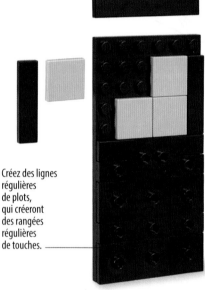

Créez des lignes régulières de plots, qui créeront des rangées régulières de touches.

2 Une couche fine

Donnez de l'allure à votre téléphone en couvrant ses surfaces de tuiles lisses. Utilisez des plaques cyclopes à un plot sur lesquelles vous fixerez des touches et d'autres détails.

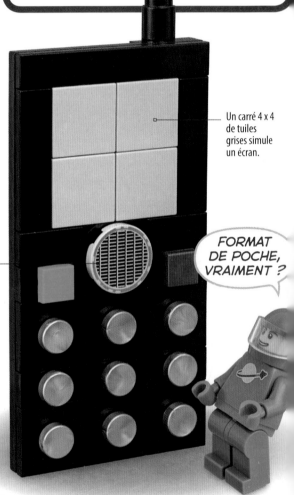

Un carré 4 x 4 de tuiles grises simule un écran.

Pour un haut-parleur idéal, utilisez une tuile 2 x 2 imprimée ou deux grilles 1 x 2.

FORMAT DE POCHE, VRAIMENT ?

Brique ronde 1 x 1 fichée dans une plaque 2 x 2 avec un trou rond latéral.

3 Ajoutez des détails

Ensuite, fixez les pièces qui permettront de faire de cet objet un vrai téléphone portable : touches, haut-parleur, touches « accepter/rejeter l'appel » et (si vous aimez les objets rétros) une antenne.

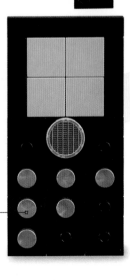

Utilisez des tuiles rondes ou carrées 1x1 pour les touches.

Des tuiles colorées pour les touches « accepter/rejeter l'appel ».

4 Bip... bip...

Votre nouveau téléphone est terminé ! Ne le confondez pas avec le vrai en partant de chez vous. Les briques en plastique ne captent pas de réseau !

La technologie

Vous pouvez créer de la même manière d'autres appareils de poche, comme une calculatrice ou un lecteur MP3 pour vos morceaux imaginaires préférés.

LE LECTEUR MP3

Tuiles imprimées ou avec autocollants en guise d'icônes

ET ENSUITE ?

Prenez le même type de plaque de base que pour le téléphone mobile, mais changez des détails pour créer des appareils différents.

Tuile ronde 2 x 2 fixée à une plaque 2 x 2.

Le lecteur MP3

L'important est de recréer des modèles qui évoquent l'original en quelques détails clés. Ajoutez quelques icônes et une molette à un lecteur MP3, et le tour est joué !

Cette tuile 1 x 3 verrouille deux plaques cyclopes 2 x 2.

Des tuiles 1 x 2 sont fixées à des plaques cyclopes 2 x 2.

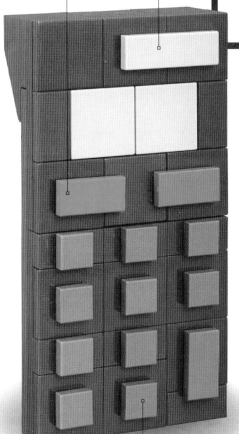

LA CALCULATRICE

Une strate supplémentaire de plaques maintient deux plaques 6 x 6 en une configuration 6 x 12.

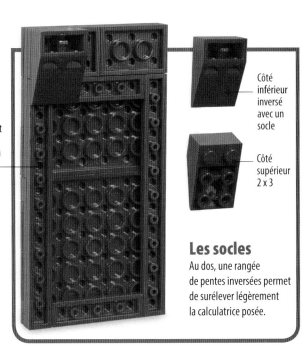

Côté inférieur inversé avec un socle

Côté supérieur 2 x 3

La calculatrice

Inspirez-vous d'une vraie calculatrice avant de construire votre version en briques LEGO. Les petits socles et les touches font de cette calculatrice une réplique parfaitement crédible.

Les socles

Au dos, une rangée de pentes inversées permet de surélever légèrement la calculatrice posée.

Mélangez des tuiles 1 x 1 et 1 x 2 pour obtenir des touches de différentes formes.

Le matériel de bureau

Regardez tous ces objets étranges, placés sur un immense plan de travail. On dirait un bureau gigantesque couvert de fournitures !

Une plaque cyclope 1 x 2 symbolise la lame du taille-crayon.

Une tuile 1 x 4 au sommet cache les plots.

Cette gomme ne compte que trois pièces : une brique 1 x 4 et deux tuiles 1 x 2.

Le taille-crayon et la gomme

Même avec quelques pièces, vous pouvez créer des fournitures de bureau. Construisez-les à côté de leur modèle réel pour bien restituer les détails et les proportions.

La règle

Créez une règle en empilant des plaques : blanches pour le plastique et noires pour les graduations. Ce modèle fait quatre plots de large et soixante-deux plaques de haut !

Une arche sur le couvercle et une échancrure sur la boîte laissent un espace pour l'ouvrir du bout du doigt.

Le couvercle s'ouvre sur une rangée de trois charnières 1 x 2 à clip.

HHMM, JE CROYAIS QUE J'ÉTAIS PLUS GRAND.

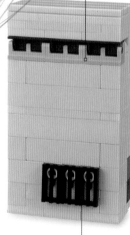

VUE ARRIÈRE

Des grilles fixées à des plots latéraux imitent un code-barres au dos.

Le papier autour des crayons gras se compose de piles identiques de briques 1 x 1 et de plaques rondes marron et beiges.

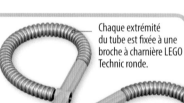

Chaque extrémité du tube est fixée à une broche à charnière LEGO Technic ronde.

Les deux moitiés des ciseaux sont assemblées à l'aide d'une broche à charnière LEGO® Technic pivotante.

Les épées décoratives proviennent d'ensembles LEGO® NINJAGO™.

Les ciseaux

Ces ciseaux ne coupent pas, mais s'ouvrent et se ferment comme des vrais. Utilisez des cylindres à charnière droits LEGO Technic et des flexibles pour les poignées, et des épées LEGO pour les lames.

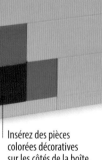

Insérez des pièces colorées décoratives sur les côtés de la boîte.

La boîte de crayons

Le couvercle de cette boîte de crayons gras comporte des charnières pour y ranger les crayons. Il faut un peu d'entraînement pour construire un objet qui s'insère dans un autre, mais le résultat en vaut la peine !

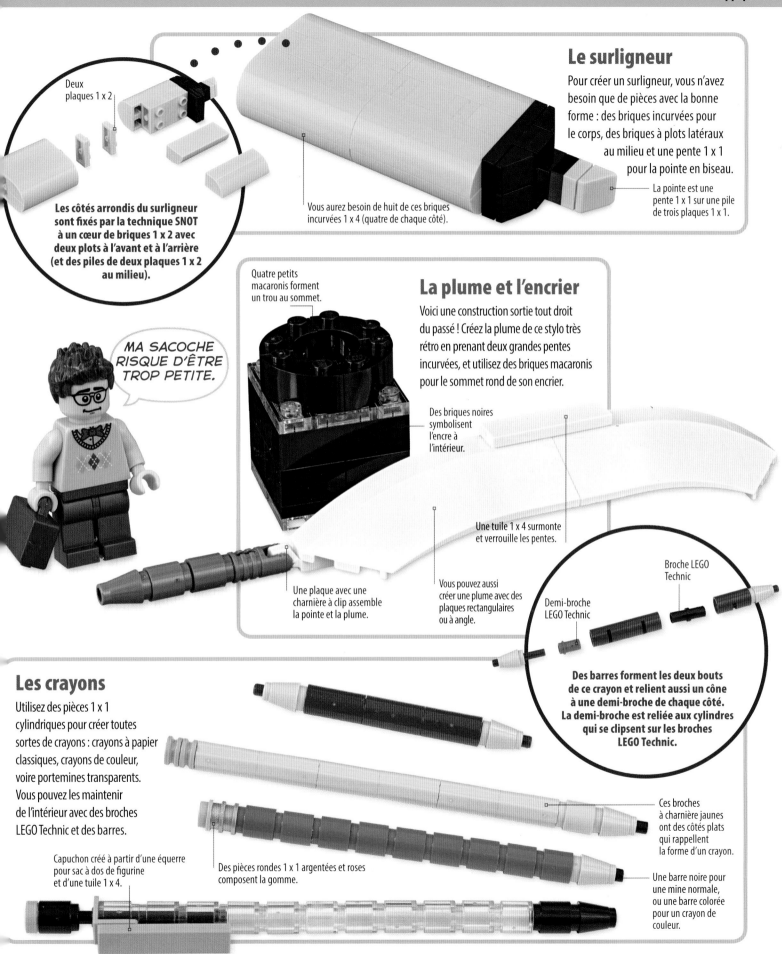

Le surligneur

Pour créer un surligneur, vous n'avez besoin que de pièces avec la bonne forme : des briques incurvées pour le corps, des briques à plots latéraux au milieu et une pente 1 x 1 pour la pointe en biseau.

La pointe est une pente 1 x 1 sur une pile de trois plaques 1 x 1.

Deux plaques 1 x 2

Les côtés arrondis du surligneur sont fixés par la technique SNOT à un cœur de briques 1 x 2 avec deux plots à l'avant et à l'arrière (et des piles de deux plaques 1 x 2 au milieu).

Vous aurez besoin de huit de ces briques incurvées 1 x 4 (quatre de chaque côté).

La plume et l'encrier

Quatre petits macaronis forment un trou au sommet.

Voici une construction sortie tout droit du passé ! Créez la plume de ce stylo très rétro en prenant deux grandes pentes incurvées, et utilisez des briques macaronis pour le sommet rond de son encrier.

Des briques noires symbolisent l'encre à l'intérieur.

MA SACOCHE RISQUE D'ÊTRE TROP PETITE.

Une tuile 1 x 4 surmonte et verrouille les pentes.

Une plaque avec une charnière à clip assemble la pointe et la plume.

Vous pouvez aussi créer une plume avec des plaques rectangulaires ou à angle.

Broche LEGO Technic

Demi-broche LEGO Technic

Des barres forment les deux bouts de ce crayon et relient aussi un cône à une demi-broche de chaque côté. La demi-broche est reliée aux cylindres qui se clipsent sur les broches LEGO Technic.

Les crayons

Utilisez des pièces 1 x 1 cylindriques pour créer toutes sortes de crayons : crayons à papier classiques, crayons de couleur, voire portemines transparents. Vous pouvez les maintenir de l'intérieur avec des broches LEGO Technic et des barres.

Ces broches à charnière jaunes ont des côtés plats qui rappellent la forme d'un crayon.

Capuchon créé à partir d'une équerre pour sac à dos de figurine et d'une tuile 1 x 4.

Des pièces rondes 1 x 1 argentées et roses composent la gomme.

Une barre noire pour une mine normale, ou une barre colorée pour un crayon de couleur.

WAOUH !

J'AI L'HABITUDE D'ÊTRE EN APESANTEUR !

Plus l'objet sur le plateau est lourd, plus l'aiguille bouge

Plaque 2 x 4 avec trois trous ronds.

7 Le modèle final

Lorsque vous appuyez sur le plateau de la balance, l'essieu fait pression sur le loquet et la broche, ce qui fait bouger l'aiguille à l'extérieur. Libérez le plateau, et l'aiguille revient dans sa position initiale !

6 Fixez le plateau

Fixez la plaque à trous sur le plateau de la balance, afin que son essieu repose sur l'ensemble loquet-broche à l'intérieur, avant de recouvrir le sommet de la balance de tuiles lisses.

La balance de cuisine

Utilisez vos briques pour créer une balance qui réagit réellement aux poids placés sur son plateau. Quel excellent trampoline pour Tech 4 !

Une bague solidement fixée maintient le rouage en place.

1 La structure interne

Pour créer un modèle avec une fonction intégrée, commencez par réfléchir au fonctionnement des pièces du mécanisme. Les pièces LEGO Technic montées sur un essieu en X seront entraînées par sa rotation.

Insérez une broche LEGO Technic avec un essieu en X dans un loquet avec un trou en X.

2 Mettez en place le mécanisme

Fixez les composants du mécanisme à une plateforme de base, comme cette plaque 8 x 8. Testez les pièces pour veiller à ce que l'essieu tourne sans entraves avant de construire les côtés de la balance.

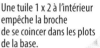

Une tuile 1 x 2 à l'intérieur empêche la broche de se coincer dans les plots de la base.

Attention : cette brique 1 x 1 à poignée insérée près du trou du mur est essentielle !

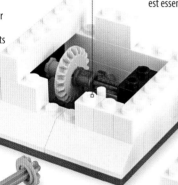

La brique trouée comble ce trou dans le mur avant.

3 De fil en aiguille

Pour créer l'aiguille de la balance, glissez un petit essieu en X LEGO Technic à travers une brique 1 x 2 avec un trou rond. Fixez un petit demi-rouage d'un côté, et une dent LEGO Technic de l'autre.

Grande plaque ronde en guise de plateau de pesée

5 Un modèle bien équilibré

Construisez un plateau de pesée en fixant une brique ronde 2 x 2 sous un grand plateau. Insérez un essieu en X dans le trou central de la brique 2 x 2, glissez son autre extrémité à travers une tuile et un plateau à trous. Insérez une demi-bague à l'extrémité de l'essieu pour qu'il ne s'échappe pas.

L'élastique tire le loquet et la broche vers le haut.

Les côtés empêchent l'essieu principal de coulisser.

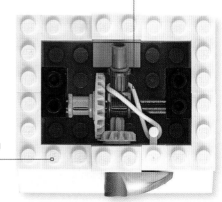

4 Le pouvoir de l'élastique

Pour donner à votre balance un ressort lorsqu'on appuie sur son plateau, prenez un élastique LEGO et tordez-le sur lui-même. Passez une extrémité sur une brique à poignée fixée au mur, et l'autre sur le loquet et la broche LEGO Technic fixés sur l'essieu central.

La salle de bains

Tech 4 se retrouve à l'intérieur d'une grande pièce en tuiles blanches remplie d'immenses sculptures en porcelaine. S'agit-il de la gigantesque salle de bains d'une créature géante ?

C'EST L'HEURE DU BAIN !

Le bec est une pente incurvée orange.

Yeux en tuiles rondes 1 x 1 fixées à des briques 1 x 1 à plots latéraux.

Ailes construites autour d'une plaque 2 x 4 qui dépasse des deux côtés du corps.

Le canard de bain

Coin ! Coin ! Sortez vos briques jaunes pour construire un canard de bain grandeur nature. Ce grand classique de l'heure du bain utilise des pentes et des tuiles pour obtenir une forme parfaitement lisse.
Construisez d'abord la tête, puis le corps, en allant vers le haut.

QUEL BEL HOMME !

Imaginez le reflet avec des briques et tuiles d'un plot de large.

J'AI L'IMPRESSION DE CONNAÎTRE CE VISAGE...

Pour faire les poignées des tiroirs, fixez des balles LEGO Technic à des briques 1 x 2 trouées à l'aide de broches LEGO Technic.

Le miroir de rasage

Miroir, mon beau miroir, que vois-tu ? La personne que vous avez envie de créer ! Utilisez vos pièces LEGO à la façon d'une mosaïque pour créer un visage rigolo ou votre portrait en briques.

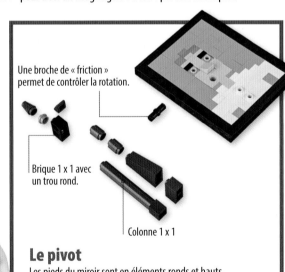

Une broche de « friction » permet de contrôler la rotation.

Brique 1 x 1 avec un trou rond.

Colonne 1 x 1

Le pivot

Les pieds du miroir sont en éléments ronds et hauts. Le miroir peut pivoter grâce à des broches à charnière LEGO Technic fichées dans des trous ronds dans les pieds et le cadre du miroir.

Poils en briques rondes
1 x 1 sur une plaque 2 x 6.

La brosse à dents

Vous pourriez construire une brosse à dents normale en briques LEGO classiques, mais ce modèle « électrique » est un peu plus élégant ! Utilisez des éléments ronds 2 x 2 pour le manche, et des charnières à pince pour une tête coudée.

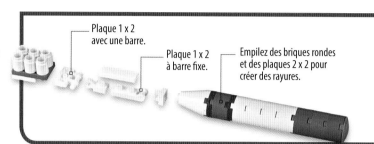

Plaque 1 x 2 avec une barre.

Plaque 1 x 2 à barre fixe.

Empilez des briques rondes et des plaques 2 x 2 pour créer des rayures.

Un cou flexible

Pour le cou de la brosse à dents, verrouillez une plaque à barre et une plaque à pince en les surmontant d'une tuile. Elles se fixent à une pince sur le manche et une barre sur le cou.

Tournez le rouage LEGO Technic pour faire claquer le dentier.

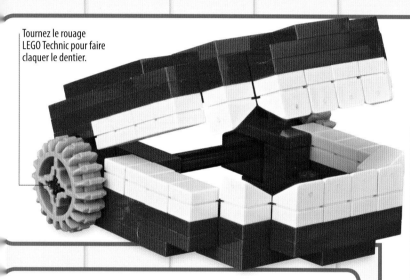

Le dentier

On dirait que quelqu'un a laissé ses fausses dents sur le lavabo... Ou bien est-ce le dentier d'un déguisement ? Utilisez des tuiles et des pentes 1 x 1 pour créer des dents étincelantes, avec un rouage pour les animer !

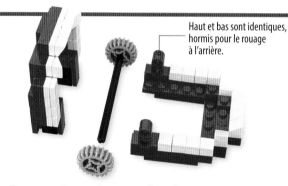

Haut et bas sont identiques, hormis pour le rouage à l'arrière.

Comme tu as de grandes dents...

Un essieu en X LEGO Technic traverse des pièces à trou rond sur la mâchoire inférieure, et des briques à trous en X sur la mâchoire supérieure.

Le peigne

Utilisez des pièces d'un plot de large pour construire son manche plat. Des antennes LEGO forment une belle rangée de dents fines ! Avec plus d'antennes, vous pourriez utiliser la même technique pour construire une brosse à cheveux.

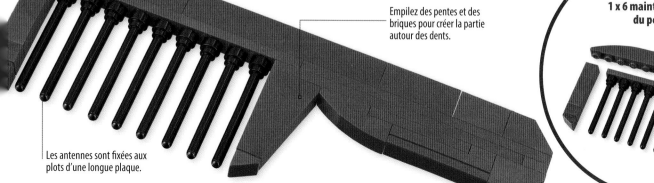

Empilez des pentes et des briques pour créer la partie autour des dents.

Les antennes sont fixées aux plots d'une longue plaque.

Une pente incurvée inversée 1 x 6 maintient la tête du peigne.

Creuset créé avec des briques inversées, des plaques rondes et de coin, et des briques en macaronis pour les côtés incurvés.

Des charnières à clip pour replier les pieds.

Le kit scientifique

Voici à présent quelque chose dont Tech 4 a l'habitude, même lorsque les outils et le matériel sont immenses. On dirait bien que les occupants de cette énorme maison aiment la science ! Construisez du matériel grandeur nature pour votre laboratoire LEGO.

Le matériel du labo

Quel matériel de base trouve-t-on dans un vrai laboratoire ? Voici quelques idées : un bec Bunsen allumé, un haut trépied, un matelas de sécurité et un creuset résistant à la chaleur sur une paillasse.

Une flamme LEGO est fichée dans un cône 1 x 1 orange transparent.

De longs pieds en essieux en X reliés par des broches à charnière.

Utilisez des tuiles marron et noires pour créer des marques de brûlure.

La paillasse se compose de tuiles qui surmontent une plaque carrée.

Un bec Bunsen

La grande structure fine du bec Bunsen est une pile de briques rondes 2 x 2. En insérant au moins un essieu en X LEGO Technic dans les trous au centre des pièces, vous le renforcez de l'intérieur.

Le tube de gaz se fiche dans une brique 2 x 2 avec une broche latérale.

Les pinces

Manipulez soigneusement vos expériences LEGO avec des pinces qui vous permettront de déplacer vos tubes à essai dans le labo. Grâce à un élastique utilisé de manière futée, ce modèle grandeur nature fonctionne aussi bien que son homologue du monde réel !

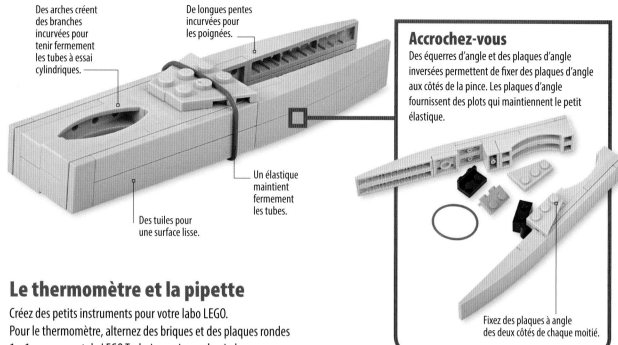

Des arches créent des branches incurvées pour tenir fermement les tubes à essai cylindriques.

De longues pentes incurvées pour les poignées.

Un élastique maintient fermement les tubes.

Des tuiles pour une surface lisse.

Accrochez-vous

Des équerres d'angle et des plaques d'angle inversées permettent de fixer des plaques d'angle aux côtés de la pince. Les plaques d'angle fournissent des plots qui maintiennent le petit élastique.

Fixez des plaques à angle des deux côtés de chaque moitié.

Le thermomètre et la pipette

Créez des petits instruments pour votre labo LEGO.
Pour le thermomètre, alternez des briques et des plaques rondes 1 x 1 avec une rotule LEGO Technic au niveau du pied.
Pour la pipette, fichez une barre dans une pile de briques rondes 1 x 1 pour figurer sa pointe, et construisez une poire avec une antenne satellite 2 x 2, un cône et un dôme.

Un petit essieu en X LEGO Technic maintient ce cône et ce dôme ensemble.

LA PIPETTE

LE THERMOMÈTRE

Des pièces rouges indiquent la température.

Les tubes à essai

Construisez des tubes à essai à partir de pièces rondes transparentes, avec des éléments colorés pour les mystérieux produits chimiques qui y bouillonnent. Imaginez des liquides de différentes couleurs et à différents niveaux pour plus de variété, et n'oubliez pas un support pour les tenir debout !

Des roues transparentes au sommet.

Les tubes sont des piles inversées de briques rondes 2 x 2 transparentes

Cette structure avec un essieu en X permet d'orienter le haut et le bas du bouchon dans différentes directions.

Utilisez des dômes monochromes pour les bases

Remplacez une brique transparente par une brique de couleur pour la partie du bouchon enfilée dans le tube.

Le bouchon en caoutchouc

Le sommet du bouchon se compose de deux plaques rondes 2 x 2 et d'une tuile ronde empilées et fixées à un essieu en X LEGO Technic inséré à travers le trou central au sommet.

Mélangez différentes couleurs ou ajoutez des détails pour créer des réactions chimiques dans vos tubes !

La banane

C'était juste ! Tech 4 ne sait pas vraiment à quoi il a échappé, mais ce nouveau lieu semble beaucoup moins dangereux à explorer. Il y règne d'ailleurs une odeur délicieuse… quoiqu'un peu trop mûre. Construisez des aliments grandeur nature avec vos briques LEGO !

C'EST PARTI !

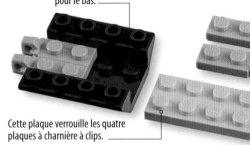

Cette plaque angulaire 4 x 4 en pente offre une courbe parfaite pour le bas.

Cette plaque verrouille les quatre plaques à charnière à clips.

1 **Pour commencer**

Commencez par l'une des deux sections centrales de la banane. Puisque le modèle se compose de segments à charnière pour obtenir une forme réaliste, placez des plaques à charnière à clips aux extrémités.

Utilisez des briques pour les parties colorées, ou des plaques pour créer des taches et des motifs.

2 **Différents stades de maturité**

Une banane arrivée à maturité est toute jaune, mais celle-ci a légèrement dépassé ce stade ! Construisez la banane avec des briques et plaques jaunes et ajoutez quelques briques noires.

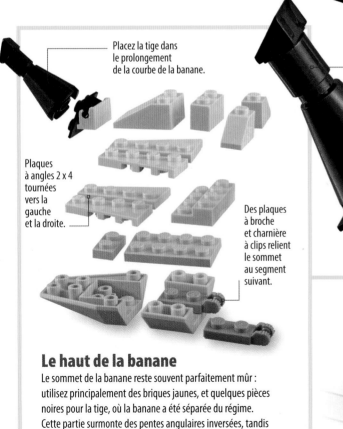

Placez la tige dans le prolongement de la courbe de la banane.

La tige est composée d'un cône 2 x 2, d'une brique ronde 1 x 1 et d'une pente 1 x 1, fixée par une charnière à pince.

Plaques à angles 2 x 4 tournées vers la gauche et la droite.

Des plaques à broche et charnière à clips relient le sommet au segment suivant.

PINCEZ-MOI, JE RÊVE ?

Le haut de la banane

Le sommet de la banane reste souvent parfaitement mûr : utilisez principalement des briques jaunes, et quelques pièces noires pour la tige, où la banane a été séparée du régime. Cette partie surmonte des pentes angulaires inversées, tandis que des pentes et des plaques d'angle lui donnent sa forme.

3 Finissez le segment

Construisez le haut de la banane avec des pentes,
en reprenant la forme de la pièce à angle qu'elle surmonte.
Reproduisez ensuite la forme de cette section
à l'identique, mais avec un motif jaune et noir différent.

Utilisez des
pentes 2 x 2
ou 1 x 2, selon
la taille que vous
souhaitez donner
à votre bloc de
couleur.

Construisez la chair de la banane en briques beiges ou blanches avant de retirer quelques pièces jaunes de la peau pour « l'éplucher ».

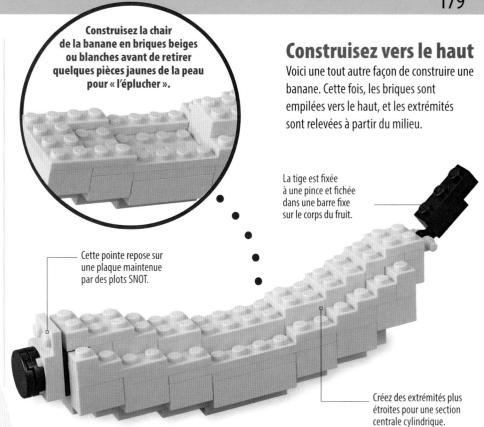

Cette pointe repose sur
une plaque maintenue
par des plots SNOT.

Construisez vers le haut

Voici une tout autre façon de construire une
banane. Cette fois, les briques sont
empilées vers le haut, et les extrémités
sont relevées à partir du milieu.

La tige est fixée
à une pince et fichée
dans une barre fixe
sur le corps du fruit.

Créez des extrémités plus
étroites pour une section
centrale cylindrique.

4 Faites preuve de créativité

Après avoir créé une autre section, assemblez les deux
extrémités (voir leur composition) avant d'associer
le tout pour obtenir une superbe banane !
En plaçant les charnières à clips sous chaque segment,
vous pouvez les plier juste assez pour obtenir
une forme incurvée.

La deuxième section
est plus proche de l'extrémité
noire et compte donc plus de
pièces noires que la première.

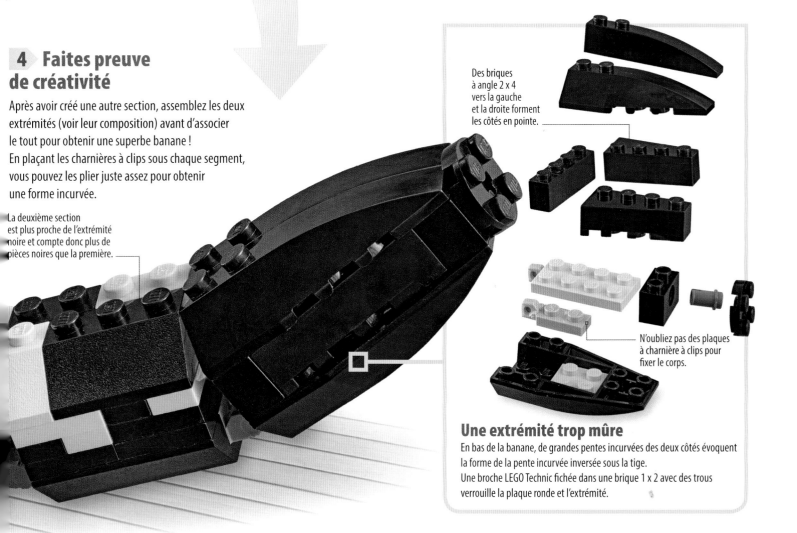

Des briques
à angle 2 x 4
vers la gauche
et la droite forment
les côtés en pointe.

N'oubliez pas des plaques
à charnière à clips pour
fixer le corps.

Une extrémité trop mûre

En bas de la banane, de grandes pentes incurvées des deux côtés évoquent
la forme de la pente incurvée inversée sous la tige.
Une broche LEGO Technic fichée dans une brique 1 x 2 avec des trous
verrouille la plaque ronde et l'extrémité.

Les fruits et les légumes

Tech 4 poursuit son exploration, qui le conduit dans un placard rempli d'aliments colossaux. De quoi nourrir une colonie de figurines !

ET ENSUITE ?

Les fruits et les légumes sont de toutes les formes et tailles : vous avez probablement des pièces qui vous permettront de construire quelque chose de délicieux.

LA POMME

La tige est un télescope marron.

Une plaque ronde 1 x 1 marron donne l'impression que la tige traverse la feuille.

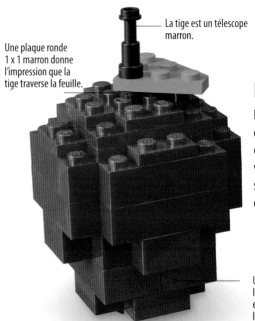

La pomme

Pour un objet rond comme une pomme, commencez par un cercle à la base, avant de construire vers le haut. La forme va en s'élargissant vers le centre avant de s'affiner à nouveau. Une feuille, une tige, et ce fruit est reconnaissable entre tous !

Utilisez des briques pour les grandes sections et des plaques pour les détails.

LES PIMENTS

Un essieu en X LEGO Technic relie la tige au sommet du piment.

Pente 1 x 2

Ce piment se compose principalement de plaques d'angle 2 x 4.

Une plaque 1 x 2 et un cône 1 x 1 pour la tige.

Un raccord à un plot vous permet de fixer la pointe de travers.

Pointe de cône 2 x 2

Au coude à coude

Coudez votre piment avec une charnière à clips qui associe une base 1 x 2 et une plaque mobile 2 x 2. Une plaque 1 x 2 comble l'espace entre les deux moitiés.

Les piments

Attention : ces piments sont redoutables ! La seule difficulté de leur construction est le petit coude au milieu. Assemblez un piment simple avec des plaques d'angle, ou utilisez des pièces rondes et une charnière pour une version en 3D.

LA POIRE

La poire

Voici une autre façon de construire un fruit charnu ! Contrairement à la pomme, construite de façon traditionnelle, cette poire est construite vers l'extérieur à partir d'un cœur de briques SNOT.

La tige est une brique ronde 1 x 1 et une pente 1 x 1 fixées à un cône 2 x 2.

Une charnière en deux morceaux fait légèrement pencher la pointe.

Une bonne poire

Commencez par un cœur qui alterne doubles plaques et rangées de quatre briques SNOT. Empilez des plaques pour créer l'avant et l'arrière de quatre plots de large, et les côtés de deux plots de large.

Des briques 1 x 1 dos à dos avec des plots latéraux sont orientées dans différentes directions.

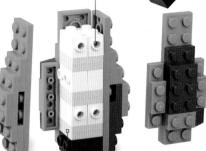

Placez deux plaques 2 x 2 entre chaque rangée de quatre briques SNOT.

Plaque ronde 2 x 2 à la base

Mélangez pièces foncées et claires pour une peau tachetée.

ES CHAMPIGNONS

Les champignons

Pour créer des champignons, plusieurs techniques sont possibles. Utilisez des antennes satellites ou des dômes pour le chapeau, et des briques rondes 1 x 1 ou 2 x 2 pour le pied étroit et cylindrique.

Des briques rondes texturées permettent de créer des détails.

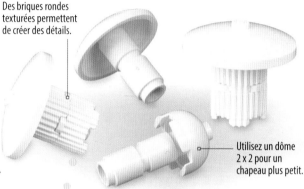

Utilisez un dôme 2 x 2 pour un chapeau plus petit.

> NOS PRODUITS VIENNENT D'ÊTRE CONSTRUITS.

> **Utilisez des pièces colorées pour une amanite, ou du gris et du noir pour un champignon rissolé !**

LES CAROTTES

Pentes angulaires 4x16

La dernière brique ronde est retournée et fixée par un essieu en X LEGO Technic.

Les carottes

Si vous avez des éléments LEGO orange et verts, vous pouvez probablement construire une jolie carotte ! Voici deux techniques différentes, soit avec beaucoup de pièces, soit avec une simple poignée. Comment construirez-vous la vôtre ?

Prenez le problème à la racine

Assemblez deux longues plaques angulaires 4 x 16 à l'aide de petits essieux en X LEGO Technic et fixez deux plaques rondes 2 x 2 dos à dos, afin que les plots soient tous tournés vers l'extérieur. Les fanes sont fixées à une plaque cyclope 1 x 2 sur deux phares 1 x 1.

La chair de la carotte est une pile de briques rondes 2 x 2, avec un cône 2 x 2 pour la pointe.

Le bonhomme en pain d'épice

Un bonhomme en pain d'épice est plus facile à construire qu'à faire cuire. Voici sa recette !

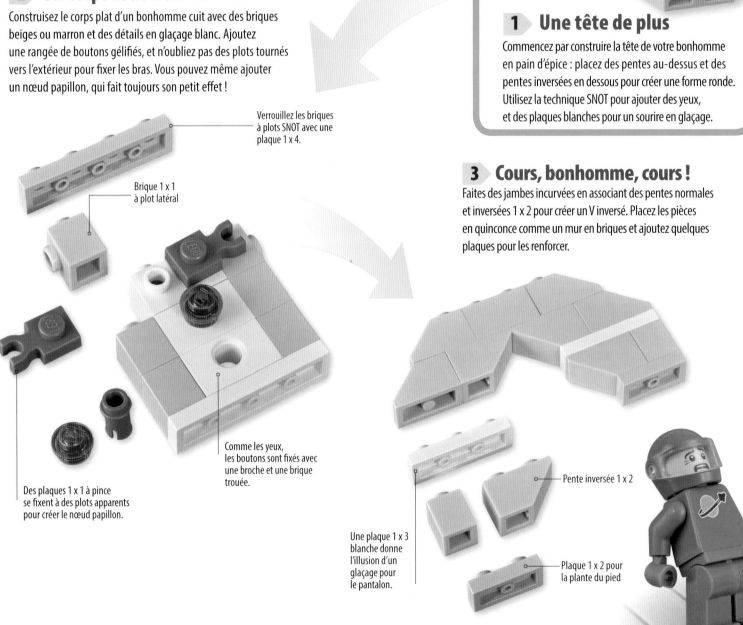

C'EST PARTI !

Une tuile 1 x 2 couvre les plots supérieurs.

Les yeux sont des tuiles rondes imprimées 1 x 1 fixées à des broches à plots LEGO Technic fichées dans des briques 1 x 2 avec des trous ronds.

1 Une tête de plus

Commencez par construire la tête de votre bonhomme en pain d'épice : placez des pentes au-dessus et des pentes inversées en dessous pour créer une forme ronde. Utilisez la technique SNOT pour ajouter des yeux, et des plaques blanches pour un sourire en glaçage.

2 Un corps tout frais sorti du four

Construisez le corps plat d'un bonhomme cuit avec des briques beiges ou marron et des détails en glaçage blanc. Ajoutez une rangée de boutons gélifiés, et n'oubliez pas des plots tournés vers l'extérieur pour fixer les bras. Vous pouvez même ajouter un nœud papillon, qui fait toujours son petit effet !

Verrouillez les briques à plots SNOT avec une plaque 1 x 4.

Brique 1 x 1 à plot latéral

Comme les yeux, les boutons sont fixés avec une broche et une brique trouée.

Des plaques 1 x 1 à pince se fixent à des plots apparents pour créer le nœud papillon.

3 Cours, bonhomme, cours !

Faites des jambes incurvées en associant des pentes normales et inversées 1 x 2 pour créer un V inversé. Placez les pièces en quinconce comme un mur en briques et ajoutez quelques plaques pour les renforcer.

Pente inversée 1 x 2

Une plaque 1 x 3 blanche donne l'illusion d'un glaçage pour le pantalon.

Plaque 1 x 2 pour la plante du pied

4 Des bras détachables

Chaque bras se compose d'une brique 1 x 2,
de trois plaques 1 x 2 et de deux pentes 1 x 1.
En les fixant au corps avec un seul plot,
vous pouvez facilement les détacher,
comme sur un vrai bonhomme en pain d'épice !

**JE SUIS VIVANT !
JE SUIS VIVANT !**

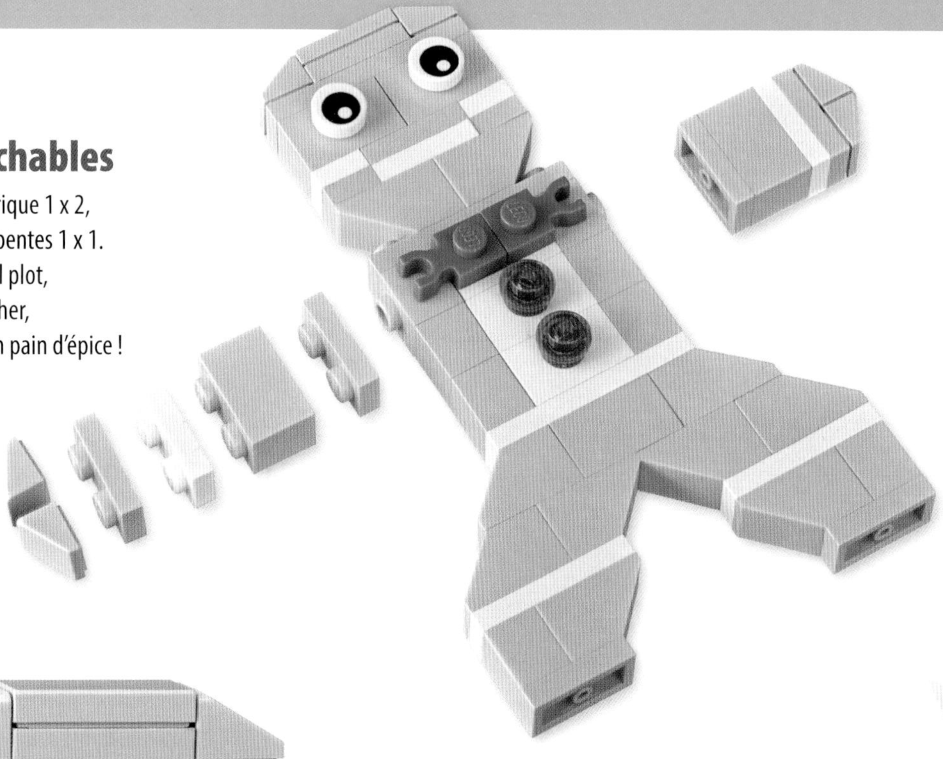

5 Ding ! Cette fournée est prête

Votre bonhomme en pain d'épice est terminé ! Maintenant
que vous avez appris à le construire, créez toute une fournée
avec différents motifs pour le glaçage et les bonbons.
Sinon, servez-le à vos invités…

**JE N'EN PERDS
PAS UNE MIETTE !**

Une plaque transparente
ressemble à un bonbon
gélifié.

Une ceinture en
glaçage verrouille
les briques à la base.

Quelques plaques
rondes 1 x 1
imiteront
des miettes.

**VUE À MOITIÉ
MANGÉ**

D'autres gourmandises

Tech 4 va toujours plus loin, aux confins du placard. Bien caché tout au fond d'un immense bocal dont l'étiquette indique « Ne pas toucher ! », il découvre un coffre aux trésors aussi incroyables que savoureux !

ET ENSUITE ?

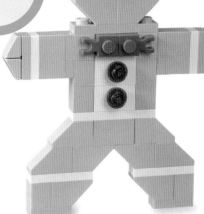

LA GAUFRETTE À LA VANILLE

Vous avez déjà construit un dessert avec vos briques. Vous pouvez en faire désormais toute une fournée. Essayez ces bouchées gourmandes.

La gaufrette à la vanille

Construisez cette gaufrette en assemblant deux biscuits en pièces beiges, garnis de « vanille » symbolisée par deux plaques cyclopes 2 x 2 blanches.

Des plots exposés rappellent la texture d'une gaufrette traditionnelle.

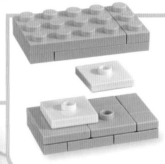

La garniture
La strate supérieure du biscuit du bas est recouverte de tuiles et de plaques cyclopes pour pouvoir fixer les pièces de la garniture au centre.

Pièce supérieure composée de deux strates de plaques.

Des tuiles pour un glaçage lisse.

LE NAPOLITAIN

Le napolitain

Utilisez des plaques dans un camaïeu de marron pour créer ce napolitain au chocolat, et une strate de tuiles pour le glaçage au café.

Des plaques de toutes tailles verrouillent les différents niveaux du modèle.

TOUT LE MONDE VA MIEUX AVEC UNE TASSE DE THÉ.

Pour une recette différente, essayez des pièces couleur nougat et préparez un sablé !

E FONDANT AU CHOCOLAT

Le fondant au chocolat

Cette gourmandise à trois étages utilise
une combinaison simple de plaques marron
pour la pâte au chocolat, et de plaques
marron foncé pour le cœur fondant.

L'ordre des plaques 1 x 6
et 2 x 6 change selon
la rangée.

Puisqu'il n'existe pas
de plaque LEGO 3 x 6,
combinez plusieurs
pièces de six plots
de long pour obtenir
la bonne forme.

E BISCUIT FOURRÉ AU CHOCOLAT

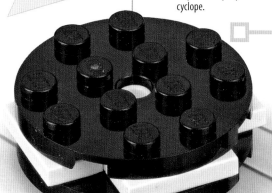

Le trou est relié
au plot de la plaque
cyclope.

Le biscuit fourré au chocolat

Deux plaques rondes 4 x 4 noires sont idéales
pour les biscuits de ce petit goûter. Au centre,
la plaque cyclope 2 x 2 blanche n'a qu'un plot :
dévissez le biscuit du haut pour accéder
à la garniture !

Une vraie crème

Placez des tuiles 1 x 2 autour
de la plaque cyclope pour créer
la garniture sans empêcher
le dévissage du biscuit.

LES COOKIES

Les cookies

Prenez quatre plaques de coin marron, beiges ou nougat et verrouillez-les
en les surmontant de quelques plaques pour figurer des cookies maison.
N'oubliez pas quelques plaques rondes ou tuiles 1 x 1 pour les pépites
de chocolat !

Utilisez des pièces
multicolores pour
des pépites colorées,
ou des pièces noires
ou marron pour
du chocolat.

Retirez une ou deux
plaques pour figurer
un biscuit dans lequel
on a déjà croqué !

Les gâteaux

En fonction des pièces LEGO de votre collection, choisissez les gourmandises que vous allez concocter. Des pièces rondes peuvent devenir une tartelette meringuée et des pièces carrées une génoise. Avec des plaques d'angle et des charnières, construisez une tranche de gâteau d'anniversaire !

La part de tarte au citron

Assemblez des plaques pour créer une part de tarte au citron avec une crème au citron en plaques cyclopes jaunes, sur lesquelles vous fixerez des tuiles blanches en diagonale pour symboliser la meringue.

Au sommet, des tuiles cachent les raccords entre trois plaques cyclopes 1 x 2 jaunes.

Tuiles 1 x 6 jaunes pour les bords.

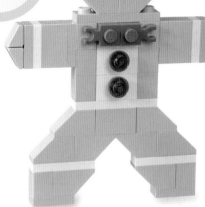

ET ENSUITE ?

Après avoir préparé des biscuits et d'autres douceurs, pourquoi ne pas tenter de faire des gâteaux ? Inspirez-vous de ces idées savoureuses.

LA TARTE AU CITRON

LA GÉNOISE EN DAMIER

Les tuiles 1 x 3 qui forment les rayures de meringue sont fixées de biais sur les plots des plaques cyclopes.

Les surfaces à plots apparents rappellent la texture d'un gâteau.

Chaque côté est une plaque 4 x 8 beige.

La génoise en damier

Commencez ce beau gâteau avec des tuiles jaunes et roses pour construire un motif en damier sur les deux plaques 4 x 4 des côtés. Un cœur recouvert d'équerres SNOT vous permet de construire les côtés en fixant des plaques tournées vers l'extérieur dans toutes les directions.

Si vous n'avez pas assez d'équerres pour l'intérieur du gâteau, vous pouvez construire le centre comme une pile de briques.

LA TARTELETTE MERINGUÉE

Les pièces utilisées pour la meringue de la tartelette sont les mêmes que celles de l'autre version.

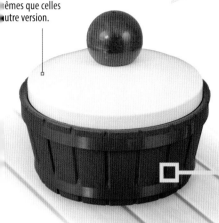

La tartelette meringuée

Pour construire une délicieuse tartelette, commencez par une base ronde beige. Vous pouvez empiler des briques ou choisir la simplicité en prenant un grand demi-baril. Ajoutez une ou deux strates de pièces blanches pour la meringue, et en guise de cerise sur le gâteau, placez une balle LEGO Technic rouge.

Une antenne satellite 4 x 4 surmonte un demi-baril.

Le secret du chef

Dans le demi-baril, une brique ronde 2 x 2 avec un essieu en X LEGO Technic inséré en son centre forme un pilier qui soutient une antenne satellite.

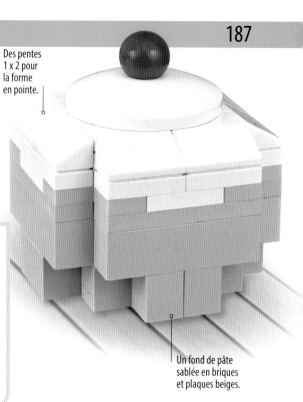

Des pentes 1 x 2 pour la forme en pointe.

Un fond de pâte sablée en briques et plaques beiges.

LE GÂTEAU D'ANNIVERSAIRE

Placez une flamme au sommet.

Une fleur sert à tenir la bougie.

Le gâteau d'anniversaire

Pour créer une part de gâteau, disposez des plaques d'angle en triangle pour le glaçage, avant de construire une base identique à l'aide de plaques à charnière. Construisez les côtés et l'arrière, et fixez la partie supérieure. Ajoutez des décorations colorées et n'oubliez pas une bougie !

Utilisez des plaques 1 x 1 avec des pinces et des anneaux pour un joli glaçage.

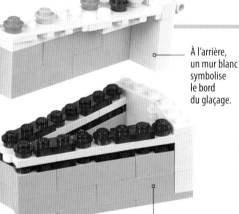

À l'arrière, un mur blanc symbolise le bord du glaçage.

Utilisez plusieurs plaques à charnière pour plus de solidité.

Symbolisez différents parfums avec différentes couleurs : jaune pour la vanille ou marron pour le chocolat.

Créez des strates de garniture rappelant une ganache aux fruits à l'aide de plaques rondes et carrées transparentes et colorées.

Servez-vous !

Fixez des plaques étroites à charnière à la pointe de votre part de gâteau, et des charnières grandes ouvertes à l'arrière. Les côtés sont construits comme des murs en briques, avec des strates de ganache et de glaçage.

UNE PART DEVRAIT SUFFIRE.

La glace à l'eau

Tech 4 a trouvé un portail qui l'amène dans une région glacée. Cette porte donne accès à un labyrinthe d'aliments surgelés. Il déballe quelque chose qui ressemble à une navette spatiale et en prend une bouchée. C'est une délicieuse glace à l'eau tricolore !

C'EST PARTI !

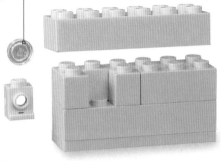

Une tuile ronde 1 x 1 transparente symbolise de la glace. Vous pouvez aussi utiliser une plaque ronde, ou une pièce colorée pour du jus.

1 Une base glacée

Commencez votre glace à l'eau par la strate inférieure 2 x 6. Les briques SNOT vous permettent de fixer des pièces transparentes qui figurent de petits cristaux de glace.

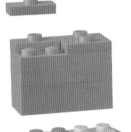

2 Toujours plus haut

Ensuite, changez de couleur et construisez la section centrale 2 x 4 comme un petit mur de briques, en utilisant des pentes pour marquer la transition entre les sections. Couronnez-les de quatre plaques cyclopes 1 x 2.

Des phares 1 x 1 encastrés donnent l'illusion de cristaux de glace.

4 Une création très fraîche

Ajoutez un bâtonnet en dessous, et voici une glace à l'eau ! Utilisez la même construction avec différentes couleurs, et en la faisant fondre plus ou moins. Vous pouvez même imaginer une version patriotique avec les couleurs de votre drapeau !

3 Un sommet savoureux

Changez à nouveau de couleur pour la section 2 x 3 finale. Elle repose sur des plaques cyclopes qui permettent de la centrer. Utilisez des pentes 1 x 1 et une plaque 1 x 2 pour un sommet arrondi.

Dans une vraie glace, les couleurs des parfums se fondent : mélangez quelques pièces dans la section centrale pour recréer cet effet.

JE NE SUIS PAS EN FROID AVEC LES GLACES.

Situation fondante

Le bâtonnet se compose de trois broches en cylindre LEGO Technic blanches avec des broches à charnières noires LEGO Technic. Une broche surmontée d'un essieu en X s'insère dans la base de la glace à l'eau.

Les esquimaux

Quelles autres glaces allez-vous préparer ? Avec les bonnes formes et couleurs, vous pouvez combiner vos briques LEGO pour construire toutes sortes d'esquimaux, même au chocolat.

Des tuiles 1 x 2 et une antenne satellite 2 x 2 fixées sur une plaque cyclope 2 x 2.

ET ENSUITE ?

Transposez certaines des techniques de la glace à l'eau à d'autres glaces.

LE TOURBILLON GLACÉ

ENROBÉ DE CHOCOLAT

LA GLACE À LA FRAISE

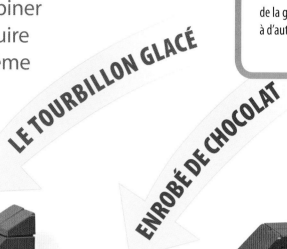

Laissez de côté certaines pièces marron et ajoutez des pentes blanches pour donner l'illusion que quelqu'un a croqué dans ce bâtonnet glacé !

Fixez des plaques rondes 1 x 1 aux briques SNOT pour simuler des bonbons.

Empilez des briques 1 x 2 beiges pour le bâtonnet en bois.

Le tourbillon glacé

Ne refroidissez pas vos ardeurs et essayez de reproduire la forme compliquée d'une glace à l'eau marbrée. Faites une pile de briques 2 x 4 en croix bicolore. Alternez les couleurs de chaque pile pour créer des rayures.

Enrobé de chocolat

Construisez un esquimau au chocolat à l'aide d'un mur de briques surmonté de pentes. Ses rangées alternent des paires de briques 2 x 2 et 2 x 3 pour plus de solidité.

La glace à la fraise

Changez les couleurs et les détails d'un simple bâtonnet glacé pour plus de variété. Le haut de cette glace donne l'impression d'avoir été trempé dans des bonbons.

Galerie de sucreries

Quand vous construisez des sucreries grandeur nature, vous n'avez que l'embarras du choix. Utilisez des pièces transparentes en guise d'emballage, des essieux en X et des antennes pour les bâtonnets, et toutes les couleurs de l'arc-en-ciel de briques LEGO !

BONBONS À LA RÉGLISSE

TUBE À LA RÉGLISSE

BONBON AU CITRON

CARAMEL AU CAFÉ

BONBON AU CITRON VERT

SUCRE D'ORGE

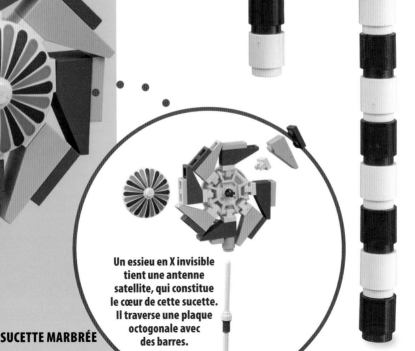

Un essieu en X invisible tient une antenne satellite, qui constitue le cœur de cette sucette. Il traverse une plaque octogonale avec des barres.

SUCETTE MARBRÉE

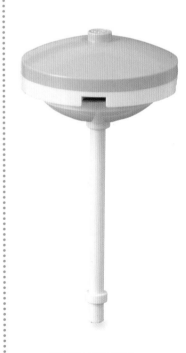

SUCETTE AU COLA

BONBONS À LA RÉGLISSE

BONBON MOU À LA MÛRE

BONBON À LA MYRTILLE

BONBON MOU AU CITRON

MENTHE FRAÎCHE

CARAMEL AU BEURRE

Un essieu LEGO Technic maintient les plaques dos à dos.

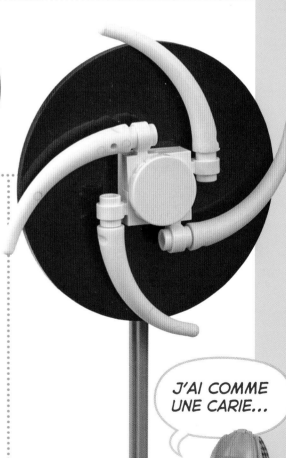

J'AI COMME UNE CARIE...

SUCETTE EXOTIQUE

SUCETTE À LA FRAISE

SUCETTE À LA MYRTILLE

SUCETTE CLASSIQUE

Utilisez les plaques et les tuiles pour construire le ruban.

Des demi-arches incurvées forment le nœud qui couronne la boîte.

Un petit mot fait de deux plaques d'angle

Gardez de la place pour le dessert

L'intérieur de la boîte est en briques noires recouvertes de tuiles lisses. En plaçant des tuiles au fond de chaque compartiment, les chocolats seront plus faciles à retirer.

La boîte de chocolats

Après avoir confectionné vos chocolats, construisez des compartiments pour les présenter joliment. Ensuite, construisez une boîte avec un couvercle amovible. Vous pouvez aussi ajouter un nœud et un petit mot à la boîte pour qu'elle ait l'air encore plus élégante.

La boîte repose sur une grande plaque 16x16, mais n'hésitez pas à combiner plusieurs petites plaques.

Une boîte de chocolats

Tech 4 a reçu une réponse de son vaisseau.
Les secours arrivent ! Il a juste le temps d'explorer
une dernière découverte : une boîte remplie
de beaux chocolats, tous délicieusement uniques.
Tech 4 n'a pas le choix… Il doit tous les goûter !

> INGRÉDIENTS :
> 100 % BRIQUES LEGO.
> CONVIENT AUX
> VÉGÉTARIENS.
> NON DESTINÉ
> AUX HUMAINS.

Une sélection de chocolats

En confectionnant les chocolats,
ne vous contentez pas de briques
marron. Prenez des pièces beiges
pour des noix, blanches pour
du chocolat blanc, et n'oubliez pas
les chocolats à la liqueur.

Noisette faite d'une plaque coulissante sur un hémisphère 3x3.

Pile SNOT de plaques marron et noires, surmontée d'une tuile

Des grilles représentent de fines rayures de chocolat.

Pour le chocolat emballé dans du papier doré : un dôme 2 x 2, quatre plaques rondes 1 x 1 et une plaque ronde 2 x 2.

Une plaque à dent fixée au plot d'une plaque cyclope

Une plaque de fleurs pour la décoration

Des plaques rondes 1 x 1 simulent des noisettes.

Des cornes sont fixées à des plaques 1 x 1 surmontées de pinces.

Galerie de briques

Les modèles de ce livre utilisent des milliers de pièces LEGO®. En voici quelques-unes très utiles qui se trouvent peut-être déjà dans votre collection. À vous de jouer pour créer votre univers LEGO.

Plaque 1 x 2

Plaque 1 x 1

Brique 2 x 2

Brique 2 x 3

Brique 1 x 1 x 5

Brique incurvée 2 x 3

Ampoule 1 x 1

Brique 1 x 2

Pente incurvée 1 x

Brique incurvée 2 x 3

Brique imprimée 1 x 1

Brique texturée 1 x 2

Brique ronde 1 x

Brique ronde 4 x 4 avec un trou

Plaque incurvée 2 x 3 avec un trou

Brique ronde 2 x 2 avec un trou

Brique 1 x 2 avec de

Plaque 1 x 4

Antenne

Essieu LEGO® Technic

Barre

Bras de robot

Plaque 4 x 6

Plaque tournante 2 x 2

Phare

J'AURAIS BESOIN DE BRIQUES 1 X 2, DE DEUX PLAQUES À CHARNIÈRE ET D'UNE BARRE.

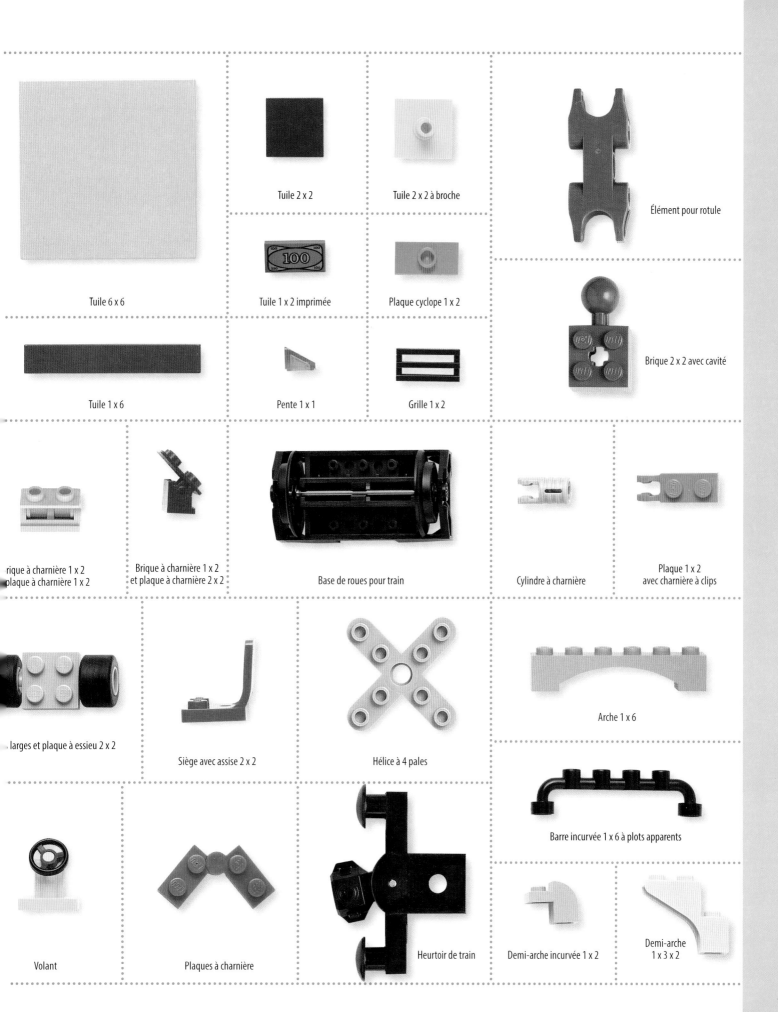

Tuile 2 x 2

Tuile 2 x 2 à broche

Élément pour rotule

Tuile 6 x 6

Tuile 1 x 2 imprimée

Plaque cyclope 1 x 2

Brique 2 x 2 avec cavité

Tuile 1 x 6

Pente 1 x 1

Grille 1 x 2

rique à charnière 1 x 2
plaque à charnière 1 x 2

Brique à charnière 1 x 2
et plaque à charnière 2 x 2

Base de roues pour train

Cylindre à charnière

Plaque 1 x 2
avec charnière à clips

larges et plaque à essieu 2 x 2

Siège avec assise 2 x 2

Hélice à 4 pales

Arche 1 x 6

Barre incurvée 1 x 6 à plots apparents

Volant

Plaques à charnière

Heurtoir de train

Demi-arche incurvée 1 x 2

Demi-arche
1 x 3 x 2

DES CHOSES
LES PLUS SIMPLES
AUX PLUS COMPLEXES,
VOUS POUVEZ TOUT
CONSTRUIRE AVEC LES
BONNES PIÈCES !

HÉ ! C'EST MOI
QUE TU TRAITES
DE SIMPLET ?
BÊÊÊ !

Pente inversée 1 x 2 x 3

Plaque 1 x 1 à pince verticale sur le dessus

Pente 1 x 2

Plaque 1 x 1 à pince horizontale latérale

Plaque 1 x 1 à anneau horizontal

Échelle à deux pinces

Brique 1 x 4 à plots latéraux

Drapeau à deux pinces

Plaque 1 x 2 à deux pinces

Plaque d'angle 1 x 2/1 x 4

Plaque d'angle 1 x 2/2 x 2

Plaque 1 x 2 à barre fixe

Rondin 1 x 2

Plaque 1 x 2 à barre verticale

Plaque 1 x 2 à barres latérales

Plaque de coin 2 x 2

Broche LEGO® Technic à essieu en X

Demi-broche LEGO Technic

Ficelle à plots

Plaque d'angle 3 x 8

Double plaque d'angle 2 x 4

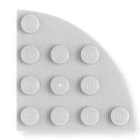

Plaque incurvée 4 x 4

Plaque 1 x 8 à rail latéral

Cône 1 x 1

Plaque ronde 1 x 1

Plaque à dents

Corne

Plot coulissant 2 x 2

Antenne satellite 2 x 2

Plaque de fleurs
et plot ouvert

Antenne

Bambou

Brique en dôme 2 x 2

Bannière

Élément mural 1 x 2 x 3

Fenêtre en arche
1 x 2 x 2

Fleurs et tige

Tarte à la crème

Revolver

Petites feuilles

Flamme

Porte en bois avec une fenêtre

Cristal de roche

Éditrice principale Hannah Dolan
Conceptrice principale Lisa Sodeau
Responsable artistique du projet Lauren Adams
Assistante graphique Ellie Bilbow
Producteur pré-production Siu Chan
Productrice principale Louise Daly
Responsable éditorial Simon Hugo
Responsable graphique Guy Harvey
Responsable artistique Lisa Lanzarini
Responsable de publication Julie Ferris
Directeur de la publication Simon Beecroft

Modèles construits par Yvonne Doyle, Alice Finch, Rod Gillies, Tim Goddard,
Tim Johnson, Barney Main, Drew Maughan et Pete Reid
Photographies de Gary Ombler
Conception graphique de la couverture par Jon Hall

Dorling Kindersley souhaite remercier Randi Sørensen, Henk van der Does, Melody Caddick,
Alexandra Martin, Heike Bornhausen, Paul Hansford, Robert Ekblom et Lisbeth Finnemann
Skrumsager du groupe LEGO. Merci également à Pamela Afram, Beth Davies, Andy Jones, Matt
Jones et Scarlett O'Hara de DK pour leur aide éditoriale, et à Jon Hall, Pamela Shiels, Rhys Thomas
et Jade Wheaton pour leur aide graphique.

Publié pour la première fois au Royaume-Uni en 2015 par Dorling Kindersley Limited,
80 Strand, Londres, WC2R 0RL, Royaume-Uni. Une société de Penguin Random House

Pour l'édition française :
Adaptation et réalisation : Ediclic
Traduction : Audrey Favre
Lecture-Correction : Estelle Roquetanière

Édition publiée par les Éditions Scholastic, 604, rue King Ouest, Toronto (Ontario) M5V 1E1.

5 4 3 2 1   Imprimé en Chine CP152   18 19 20 21 22

DK | Penguin Random House

SCHOLASTIC